CB022005

o menino no alto da montanha

Obras de John Boyne publicadas pela Companhia das Letras

A casa assombrada
A coisa terrível que aconteceu com Barnaby Brocket
Dia de folga (e-book)
Fique onde está e então corra
As fúrias invisíveis do coração
O garoto no convés
Uma história de solidão
O ladrão do tempo
O menino do pijama listrado
O menino do pijama listrado (edição comemorativa, com ilustrações de Oliver Jeffers)
O menino no alto da montanha
Noah foge de casa
O pacifista
O Palácio de Inverno
Tormento

JOHN BOYNE

O menino no alto da montanha

Tradução

HENRIQUE DE BREIA E SZOLNOKY

SEGUINTE

O selo Seguinte pertence à Editora Schwarcz S.A.

Grafia atualizada segundo o Acordo Ortográfico da Língua Portuguesa de 1990, que entrou em vigor no Brasil em 2009.

Título original
The Boy at the Top of the Mountain

Capa
© Random House Children's Publishers UK

Fotos de capa
iStockphoto

Ilustração de miolo
© Liane Payne

Preparação
Sabrina Coutinho

Revisão
Isabel Jorge Cury
Marise Leal

Dados Internacionais de Catalogação na Publicação (CIP)
(Câmara Brasileira do Livro, SP, Brasil)

Boyne, John

O menino no alto da montanha / John Boyne ; tradução Henrique de Breia e Szolnoky. — 1ª ed. — São Paulo : Seguinte, 2016.

Título original: The Boy at the Top of the Mountain.
ISBN 978-85-5534-012-3

1. Ficção irlandesa I. Título.

16-04450 CDD-ir823.9

Índice para catálogo sistemático:
1. Ficção : Literatura irlandesa ir823.9

9ª reimpressão

Todos os direitos desta edição reservados à
EDITORA SCHWARCZ S.A.
Rua Bandeira Paulista, 702, cj. 32
04532-002 — São Paulo — SP
Telefone: (11) 3707-3500
www.seguinte.com
contato@seguinte.com.br

/editoraseguinte
@editoraseguinte
Editora Seguinte
editoraseguinteoficial

Para meus sobrinhos, Martin e Kevin

PARTE 1
1936

1
TRÊS MANCHAS VERMELHAS EM UM LENÇO

O pai de Pierrot Fischer não morreu na Grande Guerra, mas sua mãe, Émilie, costumava dizer que a guerra o matara.

Pierrot não era a única criança de sete anos em Paris que vivia com apenas um dos pais. O menino que se sentava à sua frente na escola não via a mãe fazia quatro anos, desde que ela fugira com o vendedor de enciclopédias. O valentão da classe, que chamava Pierrot de "Le Petit" porque ele era baixinho, dormia num quarto no segundo andar da tabacaria dos avós, na Avenue de la Motte-Picquet, onde passava a maior parte do tempo jogando balões de água pela janela, acertando a cabeça dos pedestres lá embaixo e depois insistindo que não tinha feito nada.

Ali perto, na Avenue Charles-Floquet, num apartamento térreo no prédio onde Pierrot morava, seu melhor amigo, Anshel Bronstein, vivia apenas com a mãe, Madame Bronstein; seu pai se afogara dois anos antes, em uma travessia malsucedida do Canal da Mancha.

Nascidos com apenas semanas de diferença, Pierrot e Anshel cresceram quase como irmãos — uma mãe cuidava dos dois bebês quando a outra precisava de uma soneca.

Mas eles não eram irmãos típicos, pois nunca brigavam. Anshel nascera surdo; logo cedo os meninos criaram uma linguagem de sinais e passaram a se comunicar facilmente, expressando com dedos habilidosos tudo o que precisavam dizer. Inventaram até símbolos especiais para usar no lugar dos nomes. Anshel atribuiu a Pierrot o sinal do cachorro, porque considerava seu amigo gentil e fiel; Pierrot adotou o sinal da raposa para Anshel, que era o mais inteligente da classe. Era assim que faziam esses nomes:

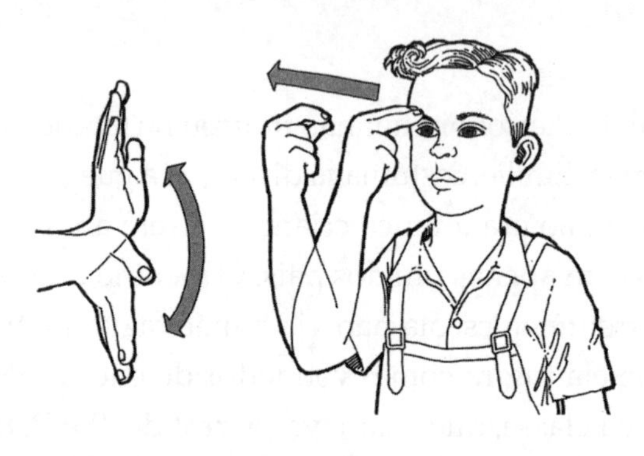

Eles passavam a maior parte do tempo juntos, jogando futebol no Campo de Marte e lendo os mesmos livros. Eram amigos tão próximos que Pierrot era a única pessoa a quem Anshel permitia ler as histórias que escrevia de noite no quarto. Nem mesmo Madame Bronstein sabia que seu filho queria ser escritor.

Essa ficou boa, sinalizava Pierrot, seus dedos dançando no ar depois de devolver uma pilha de folhas. *Gostei da parte do cavalo e também de quando encontram o ouro escondido no caixão. Não gostei tanto dessa*, ele continuava, entregando um segundo monte. *Mas pode ser porque sua letra está tão feia que não consegui ler algumas partes... E essa aqui*, ele acrescentava, sacudindo uma terceira pilha no ar como se estivesse em um desfile, *não faz nenhum sentido. Eu jogaria fora, se fosse você.*

É experimental, sinalizava Anshel, que não se abalava com críticas, mas às vezes ficava na defensiva quando o amigo não gostava tanto das histórias.

Não, sinalizava Pierrot, sacudindo a cabeça. *Não faz sentido nenhum. É melhor não deixar ninguém ler. Vão achar que você tem um parafuso a menos.*

Pierrot gostava da ideia de escrever histórias, mas não conseguia ficar parado por tempo suficiente para colocar as palavras no papel. Em vez disso, sentava-se em frente ao amigo e fazia sinais, inventando histórias ou descrevendo proezas que realizara na escola. Anshel observava com atenção e depois transcrevia tudo.

Então fui eu que escrevi isso?, Pierrot perguntava, quando enfim recebia as páginas para ler.

Não, fui eu, respondia Anshel, sacudindo a cabeça. *Mas a história é sua.*

Émilie, mãe de Pierrot, quase não falava sobre o marido, apesar de o menino pensar no pai constantemente. Wilhelm Fischer tinha ido embora de Paris três anos antes, no verão de 1933, alguns meses após o aniversário de quatro anos do filho. Pierrot se lembrava dele como um homem alto, que imitava sons de cavalo enquanto o carregava nos ombros largos pelas ruas, às vezes galopando e fazendo o menino gritar de alegria. Ele ensinara alemão ao filho, para que nunca se esquecesse de sua origem, e fez o melhor que pôde para ajudá-lo a aprender músicas simples no piano, apesar de Pierrot ter certeza de que nunca seria tão bom quanto o pai. Papa tocava canções tradicionais que falavam sobre memória e arrependimento e podiam levar os convidados às lágrimas, ainda mais quando cantava junto, com sua voz suave e potente.

Pierrot compensava sua falta de talento musical com uma grande facilidade com línguas. Ele conseguia saltar sem nenhum problema do alemão que falava com o pai para o francês que usava com a mãe. Em ocasiões especiais, como jantares, adorava cantar a *Marselhesa* em alemão e, em seguida, *Das Deutschlandlied* em francês, o que, às vezes, deixava os convidados desconfortáveis.

— Não quero mais que você faça isso, Pierrot — disse Maman certa vez, depois que sua apresentação provocou um breve desentendimento com os vizinhos. — Aprenda outra coisa, se quiser se exibir. Malabarismo, truques de mágica, plantar bananeira. Só não cante em alemão.

— O que tem de errado com alemão? — perguntou Pierrot.

— Boa pergunta — disse Papa, sentado na poltrona do canto, onde passara boa parte da noite bebendo mais vinho do que devia, algo que sempre o fazia remoer as más recordações que o assombravam. — O que tem de errado com o alemão, Émilie?

— Já basta disso, Wilhelm — ela disse, com as mãos firmes nos quadris.

— Do quê? Dos seus amigos insultando meu país?

— Eles não estavam insultando seu país — ela disse. — Só têm dificuldade de esquecer a guerra. Ainda mais aqueles que perderam parentes e amigos nas trincheiras.

— Mas não se incomodam de vir à minha casa, comer minha comida e beber meu vinho.

Papa esperou que Maman voltasse à cozinha antes de chamar Pierrot para junto dele.

— Um dia, vamos recuperar o que é nosso — Papa disse, olhando bem nos olhos do menino. — E, quando esse dia chegar, lembre-se de que lado você está. Por mais que tenha nascido na França e more em Paris, você é um alemão da cabeça aos pés, assim como eu. Não se esqueça disso, Pierrot.

De vez em quando, Papa acordava no meio da noite, seus gritos ecoando pelos corredores escuros e vazios do apartamento. O cachorro de Pierrot, D'Artagnan, se assustava, saltando do cesto onde dormia para subir na cama e se enfiar, trêmulo, debaixo do lençol, ao lado do dono. O menino puxava as cobertas até o queixo e ouvia, através da parede fina, Maman tentando acalmar Papa. Ela sussurrava que estava tudo bem, que ele estava em casa com a família, que era só um pesadelo.

— Mas não é um pesadelo — Pierrot ouviu o pai dizer certa vez, com a voz embargada pelo nervosismo. — É pior. É uma lembrança.

Às vezes, o menino acordava para ir ao banheiro e encontrava o pai sentado à mesa da cozinha murmurando consigo mesmo, a cabeça apoiada na superfície de madeira, uma garrafa vazia caída ao lado. Sempre que isso acontecia, Pierrot descia descalço até o pátio do prédio para jogar a garrafa na lixeira — assim, sua mãe não a encontraria na manhã seguinte. E, quase sempre, quando ele voltava ao apartamento Papa já tinha se levantado e, de alguma maneira, voltado para a cama.

Os dois nunca falavam sobre nada daquilo no dia seguinte.

Porém, quando levava a garrafa certa noite, Pierrot escorregou na escadaria molhada e caiu — não com força o bastante para se machucar, mas o suficiente para quebrar a garrafa em sua mão. Conforme se levantou, um caco de vidro entrou na sola do pé esquerdo. Fazendo careta, ele conseguiu arrancá-lo, mas então o sangue começou a escorrer rápido pela ferida aberta. Ele mancou de volta para casa pensando em fazer um curativo, então Papa acordou e viu o que tinha causado. Depois de cuidar da ferida, ele se sentou com o filho e pediu desculpas por beber tanto. Enxugando as lágrimas, disse a Pierrot que o amava e prometeu que nunca mais faria nada que pudesse colocá-lo em perigo.

— Eu também te amo, Papa — disse Pierrot. — Mas amo mais quando está me carregando nos ombros. Não gosto quando senta na poltrona e não fala comigo e com Maman.

— Também não gosto — disse Papa, baixinho. — Mas, às vezes, é como se uma nuvem escura me cobrisse, e não consigo fazê-la ir embora. É por isso que bebo. Ajuda a esquecer.

— A esquecer o quê?

— A guerra. As coisas que vi. — Ele fechou os olhos e sussurrou. — As coisas que fiz.

Pierrot engoliu em seco, quase com medo de perguntar.

— O que você fez?

Papa deu um sorriso triste.

— O que quer que eu tenha feito, fiz pelo meu país — ele respondeu. — Você entende isso, não?

— Sim, Papa — disse Pierrot, sem saber direito o que aquilo queria dizer, mas achando o pai valente mesmo assim. — Queria ser um soldado, para deixar você orgulhoso.

Papa olhou para o filho e colocou a mão em seu ombro.

— Só não se esqueça de escolher o lado certo — ele disse.

Depois disso, Papa ficou várias semanas sem beber. Então, da mesma maneira abrupta como tinha passado, a nuvem escura voltou, e tudo recomeçou.

Papa trabalhava como garçom em um restaurante da vizinhança. Saía por volta das dez da manhã todos os dias e voltava às três da tarde, para então sair de novo às seis, a fim de servir o jantar. Certa vez, chegou em casa de mau humor e disse que um certo Papa Joffre estivera no restaurante para o almoço. Papa se recusara a servi-lo até que seu patrão, Monsieur Abrahams, disse que, se não o fizesse, podia ir para casa e nunca mais retornar.

— Quem é Papa Joffre? — perguntou Pierrot, pois nunca tinha ouvido o nome antes.

— Foi um grande general durante a guerra — disse Maman, tirando uma pilha de roupas de um cesto e colocando perto da tábua de passar. — É um herói.

— Para *vocês* — disse Papa.

— Lembre-se de que casou com uma francesa — respondeu Maman brava, virando-se para ele.

— Porque eu te amo — disse Papa. — Pierrot, já contei da primeira vez que vi sua mãe? Foi dois anos depois do fim da guerra. Eu ia encontrar minha irmã, Beatrix, no horário de almoço. Quando cheguei à loja onde trabalhava, ela estava conversando com uma das novas assistentes, uma moça tímida que tinha começado aquela semana. Bastou olhar para ela e eu soube que íamos nos casar.

Pierrot sorriu. Ele adorava quando seu pai contava histórias como aquela.

— Abri a boca para falar, mas não consegui encontrar palavras. Foi como se meu cérebro tivesse caído no sono. Fiquei ali parado, olhando, sem dizer nada.

— Achei que tinha alguma coisa errada com ele — disse Maman, sorrindo com a lembrança.

— Beatrix precisou me sacudir pelos ombros — continuou Papa, rindo da própria tolice.

— Se não fosse por sua irmã, eu jamais teria concordado em sair com você — acrescentou Maman. — Ela insistiu que eu desse uma chance a você, dizendo que não era tão desmiolado quanto parecia.

— Por que nunca vemos a tia Beatrix? — perguntou Pierrot, que ouvira aquele nome algumas vezes ao longo dos anos, mas nunca a conhecera. Ela nunca visitava nem mandava cartas.

— Porque não — disse Papa, o sorriso abandonando seu rosto.

— Mas por quê?

— Esqueça isso, Pierrot — ele disse.

— Sim, esqueça isso, Pierrot — repetiu Maman, sua expressão também se fechando. — Porque é o que fazemos nesta casa. Afastamos as pessoas que amamos, não conversamos sobre coisas importantes e não deixamos ninguém nos ajudar.

E assim, num piscar de olhos, era o fim daquela conversa alegre.

— Ele come feito um porco — disse Papa alguns minutos depois, agachando-se, olhando Pierrot nos olhos e fazendo garras com os dedos. — Papa Joffre, quero dizer. Parece um rato roendo uma espiga de milho.

* * *

Toda semana, Papa reclamava do salário baixo, de como Monsieur e Madame Abrahams o menosprezavam, de como os parisienses davam cada vez menos gorjetas.

— É por isso que nunca temos dinheiro — ele grunhia. — São uns avarentos. Especialmente os judeus. Eles vão ao restaurante o tempo todo, porque dizem que Madame Abrahams faz os melhores *gefilte fish* e *latkes* de toda a Europa Ocidental.

— Anshel é judeu — disse Pierrot, baixinho. Ele sempre via o amigo indo à sinagoga com a mãe.

— Anshel é um dos bons — murmurou Papa. — Dizem que todo barril de maçãs boas tem uma podre. E vice-versa...

— Nunca temos dinheiro porque você gasta quase tudo em vinho — interrompeu Maman. — E não devia falar desse jeito sobre os vizinhos. Lembre como...

— Você acha que eu comprei isso? — ele perguntou, pegando uma garrafa e girando-a para mostrar o rótulo; era o vinho que o restaurante servia. — Às vezes sua mãe é muito ingênua — ele acrescentou, em alemão, para Pierrot.

Apesar de tudo, o menino adorava ficar com o pai. Uma vez por mês, Papa o levava ao Jardim das Tulherias, onde listava os nomes das inúmeras árvores e plantas, explicando como mudavam conforme as estações. Os pais dele tinham sido horticultores, disse Papa, e amavam tudo relacionado à terra.

— Mas perderam tudo, claro — ele acrescentou. — A fazenda foi tomada. O trabalho duro dos dois foi destruído. Eles nunca se recuperaram.

Na volta, compravam sorvetes de um vendedor de rua;

certa vez, quando Pierrot deixou o seu cair no chão, Papa lhe deu o dele.

Era dessas coisas que Pierrot tentava lembrar quando as coisas estavam complicadas em casa. Poucas semanas após o último passeio, houve uma discussão na sala, quando alguns vizinhos — não os que eram contra Pierrot cantar a *Marselhesa* em alemão — começaram a falar de política. Vozes se alteraram, ressentimentos antigos vieram à tona e, depois que os convidados foram embora, os pais de Pierrot tiveram uma briga terrível.

— Se ao menos você parasse de beber — disse Maman. — O álcool faz você dizer coisas horríveis. Você não entende que ofende as pessoas?

— Eu bebo para esquecer — gritou Papa. — Você não viu as coisas que eu vi. Não sabe as imagens que passam na minha cabeça dia e noite.

— Mas já faz tanto tempo — ela disse, aproximando-se devagar e estendendo a mão para tocar o braço de Papa. — Por favor, Wilhelm, sei como isso machuca você, mas talvez seja justamente porque você evita falar sobre o assunto. Se compartilhasse sua dor comigo...

Émilie nunca terminou a frase, porque, naquele momento, Wilhelm fez uma coisa muito ruim, algo que fizera pela primeira vez alguns meses antes. Ele tinha jurado que nunca repetiria aquilo, mas quebrara a promessa inúmeras vezes desde então. Por mais nervosa que ficasse, a mãe de Pierrot sempre encontrava alguma maneira de justificar o comportamento dele, mesmo quando encontrou o filho chorando no quarto depois de testemunhar uma dessas cenas assustadoras.

— Não é culpa dele — ela disse.

— Mas ele machucou você — respondeu Pierrot, levantando os olhos cheios de lágrimas.

D'Artagnan olhou de um para o outro e então desceu da cama para aninhar o focinho no dono. Ele sempre sabia quando Pierrot estava chateado.

— Seu pai não está bem — disse Émilie, colocando a mão no rosto. — E, quando alguém que amamos não está bem, é nossa função ajudar. Se a pessoa permitir. Senão... — Ela respirou fundo antes de continuar. — Pierrot, o que acha de nos mudarmos?

— Todos nós?

Ela sacudiu a cabeça.

— Não — ela disse. — Só eu e você.

— E Papa?

Maman suspirou e Pierrot viu lágrimas se formando em seus olhos.

— As coisas não podem continuar como estão — ela disse.

A última vez que Pierrot viu o pai foi em uma tarde quente de maio, quando a cozinha estava outra vez repleta de garrafas vazias e Papa começou a gritar e a bater na própria cabeça, dizendo que eles estavam todos ali dentro, em busca de vingança — o que, para Pierrot, não fazia sentido. Papa abriu o armário e atirou pilhas de pratos, tigelas e xícaras no chão, estilhaçando tudo. Maman abriu os braços para ele, suplicando que se acalmasse, mas Papa a atacou, batendo no rosto dela e gritando palavras tão terríveis que Pierrot cobriu as orelhas e correu com D'Artagnan para o quarto e se escondeu no guarda-roupa. Tremendo, Pierrot tentou não chorar enquanto o cachorro, que detestava qualquer tipo de briga, se encolhia em seu colo.

Ficaram ali dentro por horas, até tudo se acalmar. Quando saiu, seu pai tinha desaparecido e sua mãe estava deitada no chão, imóvel, o rosto machucado e sangrando. D'Artagnan se aproximou com cuidado, baixando a cabeça e lambendo a orelha dela várias vezes, numa tentativa de acordá-la. Pierrot apenas olhava, sem acreditar. Juntando toda a sua coragem, desceu as escadas correndo e foi ao apartamento de Anshel. Incapaz de pronunciar uma única palavra, ele apontou para as escadas. Madame Bronstein — que devia ter ouvido a confusão, mas talvez tivesse ficado assustada demais para intervir — subiu correndo, dois ou três degraus de cada vez. Enquanto isso, Pierrot olhava para o amigo: um incapaz de falar, outro incapaz de ouvir.

Nada se soube de Papa por várias semanas, e Pierrot ansiava pelo seu retorno, mas também o temia. Então, certa manhã, veio a notícia de que Wilhelm tinha morrido ao cair sob um trem que ia de Munique a Penzberg, cidade onde nascera e passara a infância. Quando ficou sabendo disso, Pierrot foi para o quarto, trancou a porta e, com muita calma, disse para o cachorro, que tirava uma soneca na cama:

— Agora Papa está nos vendo lá de cima, D'Artagnan. Algum dia, vou fazer com que tenha muito orgulho de mim.

Monsieur e Madame Abrahams ofereceram a vaga do marido falecido a Émilie, o que Madame Bronstein considerou de mau gosto. Maman, ciente de que precisava do dinheiro, aceitou com gratidão.

O restaurante ficava no meio do caminho entre a escola e a casa de Pierrot, e ele começou a passar as tardes na salinha do subsolo, onde lia e desenhava enquanto funcionários entravam, saíam, faziam intervalos e papeavam sobre clientes, cobrindo-o de atenção. Madame Abrahams costumava lhe levar o prato do dia e uma tigela de sorvete de sobremesa.

Por três anos, Pierrot passou as tardes sentado naquela sala, enquanto Maman servia as pessoas no andar de cima. Apesar de nunca falar sobre Papa, o menino pensava nele todo dia, imaginando-o ali, vestindo o uniforme de manhã ou contando as gorjetas no fim do expediente.

Anos mais tarde, quando Pierrot pensava sobre a infância, sentia emoções conflitantes. Apesar da tristeza por causa do pai, teve muitos amigos, gostava da escola e vivia bem com Maman. Paris prosperava e as ruas estavam sempre repletas de pessoas e energia.

Porém, em 1936, o dia do aniversário de Émilie, que deveria ter sido alegre, acabou se tornando o prenúncio de uma tragédia. À noite, Madame Bronstein e Anshel subiram para uma visita, levando um pequeno bolo. Pierrot e seu amigo já estavam na segunda fatia quando, inesperadamente, Maman começou a tossir. No começo, o menino achou que um pedaço de bolo tinha descido errado, mas a tosse continuou por muito mais tempo do que o normal e só parou quando Madame Bronstein serviu um copo de água a Émilie. Seus olhos estavam vermelhos e ela apertou a mão contra o peito, como se estivesse com dor.

— Estou bem — Maman disse, conforme sua respiração se normalizava. — Deve ser um resfriado, só isso.

— Mas, querida… — disse Madame Bronstein, o rosto pálido enquanto apontava para o lenço que Émilie segurava. Pierrot olhou e seu queixo caiu quando viu três pequenas manchas de sangue no tecido branco. Maman também olhou por alguns instantes antes de dobrá-lo e guardá-lo no bolso. Então, pousando as mãos com cuidado nos braços da poltrona, ela se levantou, alisou o vestido e tentou sorrir.

— Émilie, você está bem? — perguntou Madame Bronstein, levantando-se. Maman fez que sim.

— Não é nada — ela disse. — Deve ser apenas uma dor de garganta. Mas estou um pouco cansada. Talvez seja melhor ir dormir. Foi muito atenciosa ao trazer o bolo, mas se puderem fazer a gentileza…

— Claro, claro — disse Madame Bronstein, tocando o ombro do filho e seguindo para a porta com a maior pressa que Pierrot já tinha visto. — Se precisar de alguma coisa, bata o pé com força algumas vezes e subirei num piscar de olhos.

Maman não tossiu de novo naquela noite, nem por muito tempo, mas certo dia, quando servia clientes no restaurante, teve uma crise e foi levada para a sala de baixo, onde Pierrot jogava xadrez com um dos garçons. Dessa vez, o rosto dela ficou cinza e suado, e seu lenço não ficou apenas manchado de sangue, mas coberto dele. Quando o dr. Chibaud chegou e a viu, chamou uma ambulância no mesmo instante. Dentro de uma hora, ela estava em um leito do hospital Hôtel-Dieu, com médicos a examinando, as vozes baixas e preocupadas.

Pierrot passou aquela noite no apartamento dos Bronstein, onde dividiu a cama com Anshel, cada um virado para um lado enquanto D'Artagnan roncava no chão. Estava com muito medo, claro, e gostaria de conversar com o amigo sobre o que se passava, mas, por melhor que fosse sua linguagem de sinais, não serviria de nada no escuro.

Ele visitou Maman todos os dias por uma semana. A cada um deles, ela parecia sofrer mais e mais para respirar. Pierrot era a única pessoa ao lado dela naquela tarde de domingo, quando sua respiração desacelerou e seus dedos ficaram frouxos ao redor dos do filho; a cabeça pendeu para um lado do travesseiro, os olhos ainda abertos, e ele soube que ela tinha morrido.

Pierrot ficou imóvel por alguns minutos. Então, puxou a cortina em volta da cama bem devagarzinho e voltou para a cadeira ao lado da mãe, segurando sua mão. Por fim, uma enfermeira idosa se aproximou, viu o que tinha acontecido e disse que precisava levar Émilie a outro lugar, onde seu corpo seria preparado. Pierrot caiu em um choro que pareceu sem fim e abraçou o corpo da mãe enquanto a enfermeira tentava consolá-lo. Foi preciso muito tempo até ele se acalmar. Seu corpo inteiro parecia estilhaçado por dentro. O menino nunca tinha se sentido tão triste.

— Quero que ela fique com isso — ele disse, pegando uma fotografia do pai no bolso e colocando ao lado dela, na cama.

A enfermeira assentiu com a cabeça e prometeu que faria de tudo para garantir aquilo.

— Você tem algum familiar para quem eu possa ligar? — ela perguntou.

— Não — disse Pierrot, sacudindo a cabeça sem olhá-la nos olhos, porque não conseguiria suportar a pena ou o desinteresse. — Não há ninguém. Sou só eu. Agora estou sozinho.

2
A MEDALHA NO ARMÁRIO

Nascidas com apenas um ano de diferença, as irmãs Simone e Adèle Durand nunca quiseram se casar. Para elas, bastava a companhia uma da outra, apesar de não serem nada parecidas.

Simone, a mais velha, era surpreendentemente alta, mais que a maioria dos homens. Uma mulher linda, com pele escura e olhos de um castanho profundo. Tinha alma artística — o que mais amava fazer era passar horas e horas sentada ao piano, perdida em sua música. Adèle, por outro lado, era baixinha, tinha quadril largo e pele pálida. Andava para cima e para baixo e lembrava um pato. Não tinha nenhum talento musical, mas estava ocupada o tempo todo e era, de longe, a mais sociável da dupla.

As irmãs cresceram em uma mansão enorme, cerca de cento e trinta quilômetros ao sul de Paris, na cidade de Orléans, que Joana d'Arc tinha libertado do cerco militar quinhentos anos antes. Quando pequenas, acreditavam fazer parte da maior família da França, porque nos dormitórios do terceiro, quarto e quinto andares da casa havia quase cinquenta crianças, que tinham entre poucas semanas de vida e dezessete anos. Algumas eram amigáveis e outras eram raivosas; algumas eram tímidas e outras, briguentas; mas todas tinham uma coisa em comum: eram órfãs. Suas vozes e seus passos podiam ser ouvidos nos aposentos da família quando conversavam antes de dormir ou corriam para lá e para cá de manhã. Ainda assim, Simone e Adèle se sentiam distantes delas, de um jeito que só entenderiam quando fossem mais velhas.

Monsieur e Madame Durand, os pais das meninas, abriram o orfanato depois de se casar e até sua morte o administraram com uma política bastante restrita sobre quem poderia morar ali. As irmãs herdaram o lugar e passaram a dedicar sua vida a cuidar de crianças sem ninguém no mundo, aplicando mudanças importantes nas regras de aceitação de novos moradores.

— Qualquer criança sozinha será bem-vinda — elas declararam. — Cor, raça ou credo não significam nada para nós.

Simone e Adèle eram excepcionalmente próximas, e passeavam juntas pela propriedade todos os dias examinando os canteiros de flores e dando instruções ao jardineiro. Além da aparência física, o que mais as distinguia era o fato de Adèle ser incapaz de parar de falar, desde o instante em que acordava até pegar no sono, enquanto Simone quase nunca dizia nada; quando o fazia, usava frases breves, como se cada palavra lhe custasse uma energia que não podia desperdiçar.

Pierrot conheceu as duas quase um mês após o falecimento da mãe, quando embarcou em um trem na Gare d'Austerlitz usando suas melhores roupas e um cachecol novinho que Madame Bronstein lhe comprara no dia anterior nas Galeries Lafayette, como presente de despedida.

Ela, Anshel e D'Artagnan foram à estação se despedir. A cada passo que Pierrot dava, seu coração encolhia mais um pouco. Ele se sentia assustado, sozinho, tomado de luto por Maman. Preferia ter se mudado com o cachorro para a casa do melhor amigo. Tinha ficado com Anshel nas semanas seguintes ao enterro e visto Madame Bronstein e seu filho irem juntos à sinagoga no shabat. Perguntara se poderia ir também, mas ela disse que naquele momento não era uma boa ideia, sugerindo que levasse D'Artagnan para passear no Campo de Marte.

Os dias passaram e, certa tarde, Madame Bronstein voltou para casa com uma amiga. Pierrot entreouviu a visitante contar sobre uma prima que adotara uma criança gentia, que logo se tornara parte da família.

— O problema não é ele ser gói, Ruth — disse Madame Bronstein. — Não tenho como sustentá-lo, simples assim. Vivo com muito pouco, Levi me deixou com quase nada. Eu disfarço bem, ou pelo menos tento, mas a vida não é fácil para uma viúva. O pouco que tenho uso para cuidar de Anshel.

— Você precisa pensar no seu filho antes de qualquer outro, claro — disse a senhora. — Já pensou em alguém que poderia, talvez...?

— Sim, acredite, falei com todos que me vieram à cabeça. Aliás, e você? Será que...?

— Não posso, infelizmente. São tempos difíceis, como você disse. E a vida está cada vez mais complicada para os judeus em Paris. Talvez o menino fique melhor com uma família como a dele.

— Acho que sim. Desculpe, eu não devia ter perguntado.

— Devia, sim. Está fazendo o que pode pelo garoto. É

quem você é. É quem *nós* somos. Mas, se não é possível, não é possível. Quando vai falar com ele?

— Hoje, acho. Não vai ser fácil.

Pierrot voltou ao quarto de Anshel e pensou bastante naquela conversa antes de procurar a palavra "gentio" num dicionário e se perguntar o que aquilo tinha a ver com todo o resto. Ficou ali sentado por um tempo, jogando para cima o quipá de Anshel, que encontrou pendurado em uma cadeira. Quando Madame Bronstein entrou, ele estava com o barrete na cabeça.

— Tire isso já! — ela disse, estendendo a mão para pegá-lo e devolvê-lo à cadeira. Ela nunca tinha sido tão áspera com Pierrot. — Isso não é um brinquedo, é algo sagrado.

Pierrot ficou quieto, sentindo uma mistura de constrangimento e angústia. Ele não tinha permissão para ir à sinagoga, não tinha permissão para usar o chapéu do melhor amigo; era óbvio que não o queriam ali. Quando Madame Bronstein contou para onde seria mandado, não houve mais nenhuma dúvida.

— Sinto muito, muitíssimo — disse Madame Bronstein, após explicar tudo. — Mas ouvi apenas coisas boas sobre esse orfanato. Tenho certeza de que você vai ser feliz lá. E talvez uma boa família o adote sem demora.

— E quanto a D'Artagnan? — perguntou Pierrot, olhando para o cachorro, que dormia no chão.

— Podemos cuidar dele — disse Madame Bronstein. — Ele gosta de ossos, não gosta?

— Adora.

— Bom, teremos um monte de ossos, graças a Monsieur Abrahams, que disse que me dará alguns todos os dias, sem cobrar. Ele e a esposa gostavam muito da sua mãe.

Pierrot não respondeu. Tinha certeza de que, se as coisas tivessem sido diferentes, Maman teria cuidado de Anshel. Apesar do que Madame Bronstein dissera, aquilo devia estar relacionado ao fato de ser gentio. Pierrot teve medo da ideia de ficar sozinho no mundo e ficou triste ao pensar que Anshel e D'Artagnan teriam um ao outro, enquanto ele não teria ninguém.

Espero não esquecer como se faz isso, tentou sinalizar Pierrot naquela manhã, esperando ao lado do amigo no pátio da estação enquanto Madame Bronstein comprava sua passagem só de ida.

Você acabou de dizer que espera não se transformar numa águia, sinalizou Anshel, rindo e mostrando ao amigo os sinais que deveria ter feito.

Viu só?, sinalizou Pierrot, desejando que as formas se ordenassem sozinhas em seus dedos. *Já estou esquecendo.*

Não está, não. Ainda está aprendendo, só isso.

Você é muito melhor nisso do que eu.

Anshel sorriu. *Eu preciso ser.*

Pierrot se virou ao ouvir o som do vapor saindo pelas válvulas da locomotiva e o sopro agudo do apito, um chamado furioso que fez seu estômago saltar de ansiedade. Havia uma pequena parte dele entusiasmada com a jornada, pois nunca estivera em um trem antes, mas o menino também desejava que a viagem simplesmente não terminasse, porque temia o que estaria à sua espera do outro lado.

Vamos escrever um para o outro, sinalizou Pierrot. *Não podemos perder contato.*

Toda semana.

Pierrot fez o sinal da raposa, Anshel fez o sinal do cachorro, e eles seguraram os símbolos no ar, representando a amizade eterna entre os dois. Quiseram se abraçar, mas havia tanta gente em volta que ficaram constrangidos; em vez disso, deram as mãos.

— Adeus, Pierrot — disse Madame Bronstein, reclinando-se para lhe dar um beijo. O barulho do trem estava tão alto, a multidão parecia tão agitada e arrebatadora, que foi quase impossível escutá-la.

— É porque não sou judeu, não é? — disse Pierrot, olhando bem em seus olhos. — A senhora não gosta de gentios e não quer um deles morando com vocês.

— O quê? — Madame Bronstein perguntou, endireitando a postura e parecendo chocada. — Pierrot, de onde tirou essa ideia? Eu jamais faria isso! E você é um menino esperto. Com certeza percebeu como estão tratando os judeus por aqui. As coisas de que nos chamam, o ressentimento que têm contra nós.

— Se eu fosse judeu, a senhora teria encontrado um jeito de ficar comigo. Sei que teria.

— Você está enganado, Pierrot. Estou apenas pensando na sua segurança e...

— Todos a bordo! — gritou o maquinista. — Última chamada! Todos a bordo!

— Adeus, Anshel — disse Pierrot, dando as costas a ela e subindo os degraus do vagão.

— Pierrot! — chamou Madame Bronstein. — Volte, por favor! Deixe-me explicar, você entendeu tudo errado!

Mas o menino não voltou. Seu tempo em Paris estava terminado, agora ele tinha consciência disso. Fechou a porta atrás de si, respirou fundo e deu o primeiro passo de sua nova vida.

Algumas horas mais tarde, o bilheteiro cutucou o ombro de Pierrot e apontou para as torres da igreja que surgiam à vista.

— Você desce nesta estação — ele disse, apontando para o papel que Madame Bronstein havia prendido na lapela do menino, no qual ela escrevera seu nome (PIERROT FISCHER) e seu destino (ORLÉANS) em grandes letras pretas.

Pierrot engoliu em seco, pegou a maleta debaixo do assento e seguiu para a porta assim que o trem parou. Uma vez na plataforma, esperou que a fumaça dos motores se dissipasse para ver se havia alguém esperando por ele.

Perguntou-se o que faria se ninguém aparecesse. Quem cuidaria dele? Afinal, tinha apenas sete anos e não possuía dinheiro. Não poderia voltar a Paris. O que comeria? Onde dormiria? O que seria dele?

Pierrot sentiu alguém bater o dedo em seu ombro. Ele se virou, então um homem de rosto avermelhado se abaixou e estendeu o braço para tirar o papel de seu colarinho, aproximando-o dos olhos antes de amassá-lo e jogá-lo fora.

— Você vem comigo — ele disse, seguindo na direção de uma carroça. Pierrot apenas olhou, sem se mover nem um centímetro. — Vamos logo — acrescentou o homem, dando meia-volta para encarar o menino. — Meu tempo é precioso.

— Quem é o senhor? — perguntou Pierrot, recusando-se a seguir o homem, que poderia ser um fazendeiro qualquer em busca de mãos para ajudar com a colheita. Anshel tinha escrito uma história exatamente assim, que terminava mal para todos os envolvidos.

— Quem sou eu? — perguntou o homem, rindo com a

audácia do questionamento. — Sou o sujeito que vai deixar seu couro quente se não vier logo.

Pierrot arregalou os olhos. Mal havia chegado em Orléans e já estava sendo ameaçado. Ele sacudiu a cabeça, desafiador, e se sentou sobre a mala.

— Sinto muito — o menino disse —, mas não posso confiar em estranhos.

— Não se preocupe, não serei um estranho por muito tempo — respondeu o homem, seu rosto se suavizando de leve quando sorriu. Tinha cerca de cinquenta anos e parecia um pouco com Monsieur Abrahams, do restaurante, exceto pela barba por fazer e pelas roupas velhas e desbotadas, que não combinavam. — Você é Pierrot Fischer, não é? Pelo menos era o que o papel dizia. As irmãs Durand me enviaram para buscar você. Meu nome é Houper. Faço uns trabalhos para elas. Às vezes, venho buscar os órfãos na estação. Os que viajam sozinhos, pelo menos.

— Ah — disse Pierrot, levantando-se. — Achei que elas viriam me buscar em pessoa.

— E deixar os monstrinhos no comando daquele lugar? Pouco provável. Estaria tudo em ruínas quando elas voltassem. — O homem deu um passo adiante e pegou a maleta de Pierrot. — Escute, não precisa ter medo. É um bom lugar. Elas são muito bondosas, as irmãs. E então? Vem comigo?

Pierrot olhou em volta. O trem já tinha seguido viagem e não havia nada à vista além de campos. Ele sabia que não tinha escolha.

— Está bem.

Dentro de uma hora, o menino estava sentado em um escritório bonito e arrumado, com duas janelas enormes que davam para um jardim bem cuidado. As irmãs Durand olhavam para ele de cima a baixo, como se estivessem numa feira e cogitassem comprá-lo.

— Quantos anos você tem? — perguntou Simone, segurando os óculos no rosto para examiná-lo e então os soltando de modo que ficassem pendurados por uma cordinha no pescoço.

— Sete — disse Pierrot.

— Não pode ser, você é pequeno demais.

— Sempre fui baixinho — ele respondeu. — Mas pretendo crescer um dia.

— É mesmo? — perguntou Simone, em dúvida.

— É uma idade adorável — disse Adèle, unindo as mãos e sorrindo. — As crianças são tão alegres nessa época, tão fascinadas pelas coisas do mundo.

— Querida — interrompeu Simone, tocando o braço da irmã. — A mãe do menino acabou de morrer. Duvido que ele esteja muito alegre.

— Ah, é claro, é claro — disse Adèle, o rosto ficando sério. — Você ainda deve estar em luto. É uma coisa terrível, a perda de um ente querido. Terrível. Eu e minha irmã entendemos muito bem o que é isso. Só quis dizer que considero meninos da sua idade adoráveis. Só começam a ficar malcriados quando chegam aos treze ou catorze. Não que você vá ficar assim, tenho certeza de que não vai. Aposto que é um dos bonzinhos.

— Querida — repetiu Simone, baixinho.

— Desculpe — disse Adèle. — Estou tagarelando, não estou? Mas me permita dizer uma coisa. — Ela pigarreou, como se estivesse prestes a falar com uma sala cheia de operários indisciplinados. — Estamos muito contentes por ter você aqui conosco, Pierrot. Tenho certeza de que será uma ótima adição ao que consideramos nossa família. Minha nossa, você é uma gracinha de menino, não é? Tem olhos azuis extraordinários. Tive um cachorro com olhos iguais. Não que eu esteja comparando você a um animal, claro. Seria muita falta de educação. Quero dizer apenas que me lembra dele, só isso. Simone, você não acha que os olhos de Pierrot parecem os de Casper?

Simone levantou uma sobrancelha e olhou para o menino por um instante antes de sacudir a cabeça.

— Não — ela disse.

— Ah, mas eles parecem, sim! — declarou Adèle, com tanta alegria que Pierrot se perguntou se ela achava que seu falecido cão tinha voltado à vida em forma humana. — Agora vamos começar do começo. — Nesse instante, sua expressão ficou muito séria. — Lamentamos muito pelo que aconteceu com sua querida mãe. Tão jovem, uma provedora admirável, pelo que nos disseram. Ainda mais depois de tudo o que passou. Parece muito cruel que alguém com tantos motivos para viver seja levada, no momento em que você mais precisava dela. Ouso dizer que devia amá-lo muito. Não concorda, Simone? Não acha que Madame Fischer deve tê-lo amado muito?

Simone tirou os olhos de um livro de registro, no qual escrevia detalhes sobre a altura e a condição física de Pierrot.

— Creio que a maioria das mães ama os filhos — ela disse. — Não é necessário apontar.

— E seu pai — continuou Adèle. — Faz alguns anos que ele faleceu, não é mesmo?

— Sim — disse Pierrot.

— E você não tem mais nenhuma família?

— Não. Bom, meu pai tinha uma irmã, que eu não conheço. Ela nunca foi nos visitar. Não deve nem saber que existo, ou que meus pais morreram. Não sei o endereço dela.

— Ah, que pena.

— Quanto tempo vou ficar aqui? — perguntou Pierrot.

Sua atenção se voltou às fotografias e aos desenhos à vista. Sobre a escrivaninha, ele reparou na foto de um homem e uma mulher sentados, um vão entre os dois, com expressão tão séria no rosto que Pierrot se perguntou se tinham sido fotografados em meio a uma discussão. Só de observar a imagem, o menino soube que eram os pais das irmãs. Outra fotografia, no lado oposto da escrivaninha, mostrava duas meninas de mãos dadas com um menino um pouco mais novo. Na parede, havia uma terceira foto, de um jovem com um bigode fininho e uniforme francês. Era um retrato de perfil, e a posição fazia parecer que o homem olhava pela janela e admirava os jardins, com uma expressão um tanto melancólica no rosto.

— Muitos dos nossos órfãos conseguem boas famílias em um ou dois meses depois de chegar — disse Adèle, sentando-se no sofá e gesticulando para Pierrot se sentar ao seu lado. — Existem tantos homens e mulheres maravilhosos que querem começar uma família, mas não foram abençoados com filhos próprios; outros querem dar um irmão ou irmã para seus filhos, por caridade. Nunca subestime a generosidade das pessoas, Pierrot.

— Ou a crueldade — murmurou Simone de trás da escrivaninha. Pierrot olhou para ela, surpreso, mas Simone não levantou o rosto.

— Tivemos crianças que ficaram conosco por apenas alguns dias ou semanas — prosseguiu Adèle, ignorando a irmã. — E algumas que ficaram mais tempo, é claro. Uma vez, um menininho da sua idade foi trazido para cá de manhã e, quando chegou a hora do almoço, ele já tinha ido embora. Mal tivemos a oportunidade de conhecê-lo, não é mesmo, Simone?

— É — disse Simone.

— Qual era o nome dele?

— Não lembro.

— Bom, não importa — continuou Adèle. — O que estou dizendo é que não temos como prever quando alguém encontrará uma família. Pode acontecer o mesmo com você, Pierrot.

— Mas já são quase cinco horas — ele respondeu.

— Eu só quis dizer que...

— Quantas nunca foram adotadas? — ele perguntou.

— Hum? O que disse?

— Quantas crianças nunca foram adotadas? — ele repetiu. — Quantas viveram aqui até ficar grandes?

— Ah — disse Adèle, seu sorriso diminuindo um pouco. — Bom, é difícil dar números, claro. Às vezes acontece, claro que acontece, mas duvido que seja seu caso. Ora, qualquer família ficaria contente de ter você! Não vamos nos preocupar com isso, por enquanto. Curta ou longa, tentaremos fazer sua estada a melhor possível. Agora, o importante é que você se instale, conheça seus novos amigos e comece a se sentir em casa. Você talvez tenha ouvido coisas ruins sobre orfanatos, Pierrot, porque existem muitas pessoas que contam histórias questionáveis, como aquele inglês detestável, o sr. Dickens, que nos deu má fama com seus romances, mas pode ter certeza de que nada de ruim acontece em nosso estabelecimento. Oferecemos um lar feliz para todas as nossas crianças. Se em algum momento você se sentir assustado ou solitário, basta procurar por mim ou por Simone e ficaremos felizes em ajudá-lo. Não é mesmo, Simone?

— Encontrar Adèle costuma ser mais fácil — disse a irmã mais velha.

— Onde vou dormir? — perguntou Pierrot. — Vou ter um quarto só para mim?

— Não, não — respondeu Adèle. — Nem eu e Simone temos quarto próprio. Aqui não é o palácio de Versalhes, oras! Temos dormitórios. Separados para meninos e meninas, claro, então fique tranquilo. Cada um tem dez camas, mas você será o sétimo menino do quarto para onde está indo. Pode escolher qualquer uma das camas vazias. Tudo o que pedimos é que, depois, fique com ela e não mude. Assim, o dia da faxina é mais fácil. Você tomará banho todas as noites de quarta-feira, embora... — nesse momento, ela se inclinou para a frente e deu uma cheiradinha — talvez seja melhor você tomar um hoje também, só para se livrar da poeira de Paris e da sujeira do trem. Você já passou um pouquinho do ponto, querido. Nós nos levantamos às seis e meia, então vem o café da manhã, as aulas, o almoço, um pouco mais de aulas, e então jogos, jantar e cama. Você vai amar este lugar, Pierrot, tenho certeza. E faremos o melhor possível para encontrar uma família maravilhosa para você. É a parte curiosa do nosso trabalho, sabe? Ficamos felizes quando vocês chegam, mas muito mais felizes quando vão embora. Não é mesmo, Simone?

— Sim — ela concordou.

Adèle se levantou e convidou Pierrot a segui-la, para que pudesse lhe mostrar as instalações. Então ele notou algo cintilante em um armarinho com porta de vidro e foi até lá para ver. Apertou o rosto contra o vidro e estreitou os olhos ao observar um pequeno disco de bronze com um homem ao centro, preso a uma fita listrada em vermelho e branco por uma barra de bronze com as palavras ENGAGÉ VOLONTAIRE. Na parte de baixo do armário estava uma pequena vela e outra fotografia do homem de bigode fininho, sorrindo e acenando de dentro de um trem se afastando da estação. Pierrot logo reconheceu a plataforma — era a mesma na qual ele desembarcara naquele mesmo dia.

— O que é isso? — perguntou, apontando para a medalha. — Quem é ele?

— Não diz respeito a você — disse Simone, levantando-se, e Pierrot deu meia-volta, um tanto nervoso ao ver a expressão séria no rosto dela. — Você está proibido de tocar ou mexer nisso. Adèle, leve o menino para o dormitório. Neste instante, por favor.

3
UMA CARTA DE UM AMIGO E UMA CARTA DE UMA ESTRANHA

As coisas no orfanato não eram tão fantásticas quanto Adèle Durand tinha sugerido. As camas eram duras e as cobertas, finas demais. Quando havia bastante comida, era tudo sem gosto; quando mal dava para todo mundo, costumava ser mais saborosa.

Pierrot se dedicou ao máximo para fazer amigos, mas não foi fácil, pois as outras crianças já se conheciam bem e não estavam muito dispostas a permitir novatos nos grupos. Alguns gostavam de ler, mas não incluíam Pierrot em suas conversas, pois não tinha lido os mesmos livros que eles. Outros se dedicavam à construção de um vilarejo em miniatura, feito com madeira da floresta próxima, mas disseram que, como Pierrot não sabia a diferença entre um transferidor de chanfro e uma plaina de bloco, não podiam permitir que ajudasse, podendo estragar algo em que trabalhavam havia meses. Um grupo que jogava futebol no jardim todas as tardes assumindo o nome dos jogadores da seleção francesa — Courtois, Mattler, Delfour — chegou a deixar Pierrot jogar uma vez, como goleiro, mas depois de perderem por onze a zero os garotos disseram que ele não era grande o suficiente para pegar as bolas altas e que todas as outras posições estavam ocupadas.

— Desculpe, Pierrot — eles disseram, não parecendo lamentar nem um pouco.

A única pessoa com quem ele passava mais tempo era uma menina um ou dois anos mais velha chamada Josette, que chegara ao orfanato três anos antes, após a morte dos pais num acidente de trem próximo a Toulouse. Ela já tinha sido adotada duas vezes, mas, em ambos os casos, fora mandada de volta, como uma encomenda devolvida ao remetente. As famílias a consideraram "insubordinada" demais.

— O primeiro casal era péssimo — ela contou a Pierrot certa manhã, quando estavam sentados sob uma árvore, os dedos dos pés sobre a grama úmida de orvalho. — Sempre quiseram ter uma filha chamada Marie-Louise e se recusavam a me chamar de Josette. O segundo queria apenas uma criada de graça. Me faziam limpar o chão e lavar a louça, de manhã até de noite, como a Cinderela. Causei confusão até me deixarem ir. Gosto de Simone e Adèle. Talvez um dia eu aceite ser adotada. Mas ainda não. Sou feliz aqui.

O pior órfão de todos era um menino chamado Hugo, que vivera ali a vida toda — onze anos — e era considerado a criança mais importante, e a mais intimidadora, sob os cuidados das irmãs Durand. Tinha cabelo até os ombros e dormia no mesmo quarto de Pierrot. Ao chegar, o menino cometera o erro de escolher a cama bem ao seu lado: Hugo roncava tão alto que às vezes Pierrot precisava se esconder debaixo das cobertas para abafar o som, chegando a enfiar jornal rasgado nas orelhas uma vez. Simone e Adèle nunca tentavam arranjar uma família para Hugo e, quando casais vinham conhecer as crianças, ao contrário das outras, ele ficava no quarto, sem lavar o rosto, sem vestir uma camisa limpa e sem sorrir para os adultos.

Hugo passava a maior parte do tempo andando pelos corredores em busca de alguém para atormentar. Pierrot, que era baixinho e magro, se tornou o alvo mais óbvio.

Eram várias formas de intimidação, nenhuma delas muito original. Às vezes, Hugo o esperava dormir para então colocar sua mão em uma tigela de água quente, o que levava o menino a fazer algo que tinha parado de fazer aos três anos de idade. Às vezes, Hugo puxava sua cadeira quando Pierrot ia se sentar, forçando-o a ficar em pé até o professor dar uma bronca. Às vezes, escondia sua toalha após o banho, forçando-o a correr, com o rosto enrubescido, de volta para o dormitório, onde todos os outros meninos riam e apontavam para ele. Às vezes, Hugo usava métodos mais tradicionais e certeiros: esperava Pierrot virar no corredor e então saltava sobre ele, puxava seu cabelo, socava seu estômago e o largava com as roupas rasgadas e todo machucado.

— Quem está fazendo isso com você? — perguntou Adèle certa tarde, quando encontrou Pierrot sentado sozinho à margem do lago, examinando um corte no braço. — Se há uma coisa que eu não tolero é agressão entre os órfãos.

— Não posso contar — disse o menino, incapaz de tirar os olhos do chão. Ele não gostava da ideia de ser dedo-duro.

— Mas precisa — ela insistiu. — Ou não poderei fazer nada para ajudar. Foi Laurent? Ele já ficou de castigo por esse tipo de coisa.

— Não, não foi Laurent — disse Pierrot, sacudindo a cabeça.

— Então foi Sylvestre — ela disse. — Aquele menino está sempre aprontando alguma.

— Não — respondeu Pierrot. — Também não foi Sylvestre.

Adèle desviou o rosto e respirou fundo. Após um longo silêncio, perguntou:

— Foi o Hugo, não foi?

Alguma coisa em seu tom de voz fez Pierrot perceber que ela sabia desde o início, mas torcia para estar errada. Ele não respondeu, apenas empurrou algumas pedrinhas com a ponta do pé e as observou descer o barranco e desaparecer na água.

— Posso voltar para o dormitório? — ele perguntou.

Adèle fez que sim. Pierrot sentiu que ela o acompanhou com o olhar enquanto andava.

Na tarde seguinte, Pierrot e Josette estavam passeando pelos arredores da casa, procurando alguns sapos que tinham visto dias antes, quando ele contou sobre a carta de Anshel que recebera naquela manhã.

— Sobre o que vocês falam? — perguntou Josette, intrigada, porque nunca tinha recebido nenhuma correspondência.

— Bom, Anshel está cuidando do meu cachorro, D'Artagnan, e me conta tudo sobre ele. Também fala sobre o que acontece na vizinhança. Parece que houve uma rebelião ali por perto. Fico feliz de ter perdido essa parte.

Josette tinha lido sobre a rebelião uma semana antes, num artigo que declarava que todos os judeus deviam ser guilhotinados. Cada vez mais jornais publicavam matérias condenando-os e desejando que simplesmente desaparecessem, e ela lia todas com atenção.

— Ele também me manda as histórias que escreve — continuou Pierrot —, porque ele quer ser...

Antes de conseguir terminar a frase, Hugo e seus dois comparsas, Gérard e Marc, surgiram de trás das árvores, carregando galhos.

— Ora, ora, vejam quem são — disse Hugo, sorrindo ao esfregar as costas da mão no nariz para limpar uma coisa nojenta. — É o casalzinho feliz, Monsieur e Madame Fischer.

— Vá embora, Hugo — respondeu Josette, tentando se afastar, mas ele saltou na sua frente e fez "não" com a cabeça, segurando dois galhos que formavam um X à sua frente.

— Esse é meu território — ele disse. — Quem passa por aqui precisa pagar pedágio.

Josette deu um longo suspiro, como se não acreditasse em quão irritantes meninos podiam ser, então cruzou os braços olhando nos olhos de Hugo. Pierrot se conteve, desejando que tivessem ido para outro lugar.

— Está bem — ela disse. — Quanto é?

— Cinco francos — disse Hugo.

— Vou ficar devendo.

— Então vou precisar cobrar juros. Mais um franco a cada dia que você não pagar.

— Sem problemas — disse Josette. — Me avise quando chegar em um milhão, aí eu passo no banco e boto o dinheiro na sua conta.

— Você se acha tão esperta, não é? — respondeu Hugo, girando os olhos.

— Mais esperta que você, com certeza.

— Até parece.

— Ela é, sim — disse Pierrot, sentindo que era melhor dizer alguma coisa, para não parecer um covarde.

Hugo se virou para ele com um sorrisinho.

— Defendendo a namorada, Fischer? — ele perguntou. — Você está apaixonado por ela, não está?

Hugo fez barulho de beijo e então se virou, abraçando o próprio corpo e subindo e descendo as mãos pelas laterais.

— Você tem ideia de como isso é ridículo? — perguntou Josette, e Pierrot não conseguiu segurar a risada, mesmo sabendo que não era boa ideia provocar Hugo, cujo rosto, diante do insulto, ficou mais vermelho que o normal.

— Não venha dar uma de espertinha para cima de mim — disse Hugo, estendendo o braço e usando um dos galhos para cutucar com força o ombro de Josette. — É melhor você lembrar quem está no comando por aqui.

— Rá! — caçoou Josette. — Você acha que está no comando? Como se alguém fosse deixar um *judeu imundo* no comando de alguma coisa.

O rosto de Hugo murchou um pouco e seu cenho enrugou, numa mistura de confusão e decepção.

— Por que você disse isso? — ele perguntou. — Eu só estava brincando.

— Você nunca está *só* brincando, Hugo — ela disse, menosprezando-o com um gesto. — Não consegue evitar, não é? Faz parte da sua natureza. O que esperar de um porco senão um guincho?

Pierrot franziu as sobrancelhas. Então Hugo também era judeu? Ele quis rir do que Josette tinha dito, mas se lembrou das coisas que os meninos da sua classe falavam para Anshel e do quanto ofendiam seu amigo.

— Você sabe por que o Hugo tem cabelo comprido, não

sabe, Pierrot? — perguntou Josette, virando-se em sua direção. — É porque tem chifres embaixo deles. Se cortasse o cabelo, todos nós veríamos.

— Pare — disse Hugo, que já não parecia tão destemido.

— Aposto que, se alguém baixar as calças dele, verá um rabinho também.

— Pare! — repetiu Hugo, mais alto dessa vez.

— Pierrot, você dorme no mesmo quarto que ele. Já viu o rabinho enquanto Hugo se troca?

— É bem comprido e escamoso — disse Pierrot, sentindo-se corajoso agora que Josette assumira o controle da conversa. — Como se fosse de dragão.

— Você não devia ser obrigado a dormir com ele — ela continuou. — É melhor não se misturar com gente desse tipo. É o que todo mundo fala. Tem outros no orfanato. Deviam ficar separados. Ou ser mandados embora.

— Cale a boca! — rugiu Hugo, avançando sobre ela, que saltou para trás no mesmo instante em que Pierrot se posicionou entre os dois. O punho de Hugo cortou o ar e acertou em cheio o nariz dele.

Houve um barulho terrível e Pierrot caiu no chão, sangue escorrendo pelo lábio superior. Josette gritou e o menino fez "Uuuurgh". Hugo ficou boquiaberto. No instante seguinte, não estava mais lá; tinha corrido para a floresta, com Gérard e Marc logo atrás.

Pierrot ficou com uma sensação esquisita no rosto. Não era totalmente desagradável; era quase como se um grande espirro estivesse a caminho. Mas uma dor de cabeça latejante se formava atrás de seus olhos e sua boca parecia muito seca. Ele olhou para Josette, que estava com as mãos nas bochechas, chocada.

— Estou bem — ele disse, levantando-se, mas sentindo as pernas muito fracas. — Foi só um arranhão.

— Não foi, não — respondeu Josette. — Precisamos achar as irmãs agora mesmo.

— Estou bem — repetiu Pierrot, levando a mão ao rosto para ter certeza de que tudo continuava onde deveria estar. Quando abaixou os dedos, eles estavam cobertos de sangue, o que o fez arregalar os olhos. Lembrou-se de Maman tirando o lenço do rosto no jantar de aniversário, o tecido manchado de sangue. — Isso não é bom — o menino disse, e então a floresta toda começou a girar, suas pernas ficaram ainda mais fracas e ele caiu no chão, desmaiado.

Quando acordou, Pierrot se surpreendeu ao perceber que estava deitado no sofá do escritório das irmãs Durand. De frente para a pia estava Simone, molhando e depois torcendo uma toalha de rosto. Ela foi até ele, parando para endireitar uma fotografia na parede, e pôs a toalha na parte superior de seu nariz.

— Então você acordou — ela disse.

— O que aconteceu? — perguntou o menino, apoiando-se nos cotovelos. Sua cabeça doía, sua boca ainda estava seca e havia uma desagradável queimação no nariz, onde Hugo tinha socado.

— Não está quebrado — disse Simone, sentando-se ao seu lado. — Achei que estivesse, mas não. Mesmo assim, vai ficar bem dolorido por alguns dias, e mesmo quando o inchaço diminuir deve sobrar um olho roxo. Talvez seja melhor evitar espelhos por um tempo, se você for muito sensível.

Pierrot engoliu em seco e pediu um copo de água. Nos meses desde sua chegada ao orfanato, Simone Durand nunca tinha dirigido tantas palavras a ele.

— Vou conversar com Hugo — ela disse. — Ele vai se desculpar. E vou garantir que isso não aconteça outra vez.

— Não foi o Hugo — respondeu Pierrot, num tom pouco convincente. Apesar da dor que sentia, ainda não gostava da ideia de causar problemas para outra pessoa.

— Foi, sim — disse Simone. — Josette me contou. Mas eu teria adivinhado de qualquer maneira.

— Por que ele não gosta de mim? — Pierrot perguntou baixinho, olhando para ela.

— Não é culpa sua. É nossa. Minha e de Adèle. Cometemos erros com ele. Muitos erros.

— Mas vocês cuidam dele — disse Pierrot. — Cuidam de todos nós. E nem somos da sua família. Ele deveria ficar agradecido.

Simone tamborilou os dedos na lateral do sofá, como se ponderasse a importância de revelar um segredo.

— Na verdade, ele *é* da família — ela disse. — É nosso sobrinho.

— Ah — Pierrot arregalou os olhos, surpreso. — Eu não sabia. Achei que fosse órfão como nós.

— O pai dele morreu cinco anos atrás. E a mãe... — Ela sacudiu a cabeça e enxugou uma lágrima. — Meus pais a tratavam muito mal. Tinham uns conceitos tolos e antiquados sobre as pessoas. No fim, ela se sentiu forçada a ir embora. O pai de Hugo era nosso irmão, Jacques.

Pierrot olhou para a fotografia das duas meninas de mãos dadas ao lado do menino, e também para o retrato do jovem com bigode fininho, vestido com o uniforme do Exército francês.

— O que aconteceu com ele? — Pierrot perguntou.

— Morreu na cadeia. Foi preso alguns meses antes de Hugo nascer. Não chegou a conhecer o filho.

Pierrot pensou naquilo. Nunca conhecera ninguém que tinha ido para a prisão. Lembrou-se de ter lido sobre Filipe, irmão do rei Luís XIV em *O visconde de Bragelonne*, acusado injustamente e trancafiado na Bastilha. Imaginar um destino como aquele lhe dava pesadelos.

— Por que ele foi preso? — o menino perguntou.

— Assim como seu pai, meu irmão lutou na Grande Guerra — explicou Simone. — E, embora alguns homens tenham conseguido retomar sua vida depois, muitos, talvez a grande maioria, não conseguiram lidar com as memórias do que viram e do que fizeram. Existem muitos médicos que dão o melhor de si para que o mundo entenda esses traumas. Basta ver o trabalho do dr. Jules Persoinne, aqui na França, ou do dr. Alfie Summerfield, na Inglaterra. Eles têm como objetivo de vida mostrar às pessoas o que essa geração anterior sofreu e como é nossa responsabilidade ajudá-la.

— Maman sempre dizia que, apesar de meu pai não ter morrido na guerra, foi a guerra que o matou.

— Sim — disse Simone, concordando com a cabeça. — Entendo o que ela quis dizer. Foi a mesma coisa com Jacques. Era um doce de menino, tão cheio de vida, tão divertido. Um modelo de bondade. Mas, depois, quando voltou para casa... Bom, ele estava mudado. E fez algumas coisas terríveis. Mas tinha servido seu país com honra.

Ela se levantou, foi até o armarinho com porta de vidro,

abriu a fechadura e pegou a medalha que Pierrot tinha visto no dia em que chegara.

— Quer ver? — ela perguntou, estendendo-a para ele.

O menino fez que sim e pegou o objeto com cuidado, passando os dedos pela figura em alto-relevo na frente.

— Jacques recebeu essa medalha por sua bravura — disse Simone, pegando-a de volta e devolvendo-a ao armário. — É tudo o que restou dele. Depois da guerra, foi preso e solto muitas vezes. Eu e Adèle o visitávamos sempre, mas detestávamos vê-lo naquelas condições deploráveis, sendo tratado tão mal por um país pelo qual sacrificara a própria paz de espírito. Foi uma tragédia. E não só para nós, mas também para inúmeras outras famílias. Inclusive a sua. Não é mesmo, Pierrot?

Ele concordou sem dizer nada.

— Jacques morreu na cadeia e tomamos conta de Hugo desde então. Alguns anos atrás, conversamos com ele sobre como meus pais trataram sua mãe e sobre como o país tratou seu pai. Talvez tenhamos falado cedo demais, talvez devêssemos ter esperado até que fosse mais maduro. Hoje, Hugo tem muita raiva dentro de si e, infelizmente, é algo que às vezes se manifesta na maneira como trata os outros órfãos. Mas não seja muito duro com ele, Pierrot. Talvez o atormente mais do que aos outros porque é com você que tem mais em comum.

Pierrot pensou no assunto e tentou se solidarizar, mas não era fácil. Afinal, como Simone apontara, seus pais tinham passado por experiências similares — mas *ele* não saía por aí atormentando a vida de todo mundo.

— Pelo menos, terminou — ele disse, depois de um

tempo. — A guerra, quero dizer. Não haverá outra igual, haverá?

— Espero que não — respondeu Simone, no mesmo instante em que a porta do escritório se abriu e Adèle entrou, balançando uma carta na mão.

— Aí estão os dois — disse, olhando para eles. — Eu estava procurando vocês. Minha nossa, o que aconteceu? — Adèle perguntou, inclinando-se e examinando os machucados no rosto de Pierrot.

— Foi uma briga — ele respondeu.

— Você ganhou?

— Não.

— Ah. Que pena. Mas acho que isso vai animá-lo. São boas notícias. Você vai embora logo, logo.

Surpreso, Pierrot olhou para uma irmã e depois para a outra.

— Uma família me quer? — ele perguntou.

— E não uma família qualquer — disse Adèle, sorrindo. — A *sua* família. Quer dizer, a sua família *mesmo*.

— Adèle, você pode fazer o favor de explicar o que está acontecendo? — pediu Simone, estendendo o braço para pegar a carta e passando os olhos pelo envelope. — Áustria? — ela disse, surpresa, ao ver o carimbo do correio.

— É da sua tia Beatrix — explicou Adèle, olhando para Pierrot.

— Mas eu nem a conheço.

— Bom, ela sabe tudo sobre você. Pode ler. Acabou de receber a notícia da morte da sua mãe. E quer que vá morar com ela.

4
TRÊS VIAGENS DE TREM

Antes de se despedir de Pierrot em Orléans, Adèle entregou a ele um pacote de sanduíches, explicando que só deveria comê-los quando tivesse muita fome, pois precisavam durar as mais de dez horas de viagem.

— Ouça bem — ela disse, conferindo tudo no menino várias vezes. — Coloquei o nome das três estações aqui. — Ela conferiu cada papel, a fim de garantir que estivessem bem presos ao casaco. — Toda vez que chegar a uma estação cujo nome é igual a um destes, você precisa descer para pegar o próximo trem.

— Tome — disse Simone, pegando na bolsa um pequeno presente embrulhado em papel pardo. — Achamos que vai ajudar a passar o tempo. É para você se lembrar dos meses que morou conosco.

Pierrot beijou as irmãs, agradeceu tudo o que tinham feito por ele e então embarcou, escolhendo uma cabine onde já estavam uma mulher e um menino.

A mulher olhou para Pierrot com irritação quando ele se sentou, como se ela e o filho desejassem viajar sozinhos, mas não disse nada e voltou a ler seu jornal. O menino recolheu um saquinho de doces que estava ao seu lado no assento e guardou no bolso. Pierrot se sentou à janela. O trem partiu da estação e ele acenou para Simone e Adèle antes de olhar para o primeiro papel preso ao casaco. Leu para si mesmo, com muita atenção:

MANNHEIM.

Ele se despedira dos colegas na noite anterior. Josette fora a única que parecera lamentar sua partida.

— Você jura que não foi adotado? — ela perguntou. — Não está só tentando fazer a gente se sentir melhor?

— Não — disse Pierrot. — Posso mostrar a carta da minha tia, se você quiser.

— E como ela conseguiu encontrar você?

— A mãe de Anshel estava arrumando as coisas da minha mãe e encontrou o endereço. Ela escreveu para tia Beatrix contando tudo o que aconteceu e passou as informações do orfanato.

— E agora quer que você vá morar com ela?

— Sim — disse Pierrot.

Josette balançou a cabeça.

— Ela é casada? — perguntou a menina.

— Acho que não.

— Então o que ela faz? Como se sustenta?

— Ela é governanta.

— *Governanta*? — perguntou Josette.

— Sim. O que tem de errado com isso?

— Não tem nada de errado *per se* — ela respondeu. Tinha lido o termo havia pouco tempo e decidido que encontraria uma oportunidade para usá-lo. — É um pouco burguês, claro, mas fazer o quê? E quanto à família da casa onde ela trabalha, que tipo de gente é?

— Ela não mencionou uma família — respondeu Pierrot —, só um homem que disse que não tinha nada contra eu morar com ela, desde que não fizesse barulho. Minha tia explicou que ele não fica muito em casa.

— Bom, você sempre pode voltar, caso não dê certo — disse Josette, fingindo indiferença, mas no fundo desejando ir embora com ele.

Pierrot pensou naquela conversa enquanto observava a paisagem passar veloz e se sentiu um tanto desconfortável. Era mesmo muito estranho o fato de, em todos aqueles anos, sua tia nunca ter entrado em contato. Ela perdera sete aniversários e sete natais nesse período. Talvez tivesse se desentendido com Papa, ou com Maman.

Pierrot tentou não se preocupar com essas questões — pelo menos não naquele momento — e fechou os olhos para tirar um cochilo. Voltou a abri-los quando um senhor idoso entrou na cabine e ocupou o quarto e último assento. Pierrot endireitou a postura, esticou os braços e bocejou ao observá-lo. O homem usava um casaco preto longo, calça preta e camisa branca, e tinha dois cachos compridos e castanhos nas laterais do rosto. Era evidente que sentia certa dificuldade para andar, pois usava uma bengala.

— Ah, agora foi longe demais — disse a mulher à frente dele, em alemão, fechando o jornal e sacudindo a cabeça. Uma parte da mente de Pierrot se realinhou para recordar a língua com a qual sempre conversou com o pai. — Francamente, o senhor não pode se sentar em outro lugar?

— Senhora, o trem está lotado — ele respondeu com educação. — E este assento está vago.

— Não, sinto muito — ela retrucou —, isso não pode ficar assim.

A mulher se levantou e saiu da cabine, marchando pelo corredor enquanto Pierrot olhou em volta, surpreso, perguntando-se por que ela impediria alguém de sentar quando havia um lugar disponível. O homem olhou pela janela por um momento e respirou fundo, sem colocar a mala no compartimento de bagagem, apesar de estar ocupando bastante espaço da cabine.

— O senhor quer ajuda? — perguntou Pierrot. — Posso colocar sua mala ali em cima, se o senhor quiser.

O homem sorriu e sacudiu a cabeça.

— Seria perda de tempo — ele respondeu. — Mas você é muito gentil.

A mulher voltou com o bilheteiro, que passou os olhos pela cabine e apontou para o senhor.

— Você, saia — ele disse. — Fique no corredor.

— Mas o lugar está livre — interveio Pierrot, imaginando que o bilheteiro tinha achado que ele estava viajando com a mãe ou com o pai e que aquele senhor havia tomado o assento dela ou dele. — Estou viajando sozinho.

— Fora. Agora — insistiu o bilheteiro, ignorando Pierrot. — Levante-se, velho, ou teremos problemas.

O homem não respondeu e se levantou, apoiando a bengala com cuidado no chão ao pegar a mala. Com muita dignidade, saiu devagar pela porta.

— Peço desculpas por isso, madame — disse o bilheteiro para a mulher, depois que o senhor tinha ido embora.

— Pois devia ficar de olho nessas coisas — ela retrucou. — Estou com meu filho. Ele não devia ser exposto a esse tipo de gente.

— Peço desculpas — o bilheteiro repetiu. A mulher bufou, enojada, como se o mundo todo conspirasse para frustrá-la.

Pierrot quis perguntar por que ela tinha feito o homem ser expulso, mas ela era um tanto assustadora, e ele imaginou que, se dissesse alguma coisa, talvez também fosse expulso. Por isso, desviou o rosto e olhou pela janela, fechando os olhos outra vez e caindo no sono.

Quando acordou, a porta da cabine estava sendo aberta e a mulher e o menino pegavam as malas.

— Onde estamos? — ele perguntou.

— Na Alemanha — a mulher disse, sorrindo pela primeira vez. — Finalmente, longe daqueles franceses horríveis! — Ela apontou na direção de uma placa que, assim como a lapela de Pierrot, dizia "Mannheim". — Acho que você precisa descer aqui — acrescentou, indicando seu casaco com um movimento da cabeça. Pierrot se levantou num salto, juntou seus pertences e saiu para a plataforma.

Parado no vão principal da estação de trem, ele sentiu ansiedade e solidão. Para todo lado que olhava, homens e mulheres seguiam apressados e esbarravam nele, desesperados para chegar num destino qualquer. E soldados também. Muitos e muitos soldados.

A primeira coisa que ele percebeu foi a língua diferente. Tinha atravessado a fronteira e agora todo mundo falava alemão, não francês. Procurou escutar com atenção o que as pessoas diziam e ficou contente por Papa ter insistido que aprendesse a língua quando era pequeno. Pierrot tirou o papel "Mannheim" do casaco, jogou na lixeira mais próxima e olhou para baixo a fim de ler o próximo:

MUNIQUE.

Havia um relógio imenso pendurado acima do painel de chegadas e partidas. Pierrot correu nessa direção e trombou com um homem que vinha na direção oposta, caindo de costas no chão. O menino levantou o rosto e observou o uniforme cinza-terroso do homem, as botas pretas na altura das panturrilhas, o cinto preto largo em torno da cintura e o emblema na manga esquerda, que mostrava uma águia com asas estendidas sobre uma cruz com pontas dobradas em ângulos retos.

— Desculpe — disse Pierrot, sem fôlego, olhando para cima em uma mistura de medo e admiração.

O homem olhou para baixo. Em vez de ajudá-lo a se levantar, contraiu a boca numa expressão de desprezo. Ergueu um pouco a ponta da bota e, em seguida, começou a pisar nos dedos do menino.

— O senhor está me machucando — Pierrot disse, nervoso, conforme o homem apertava com mais força e o menino sentia os dedos latejarem. Pierrot nunca tinha visto alguém sentir tanto prazer em infligir dor. As pessoas que passavam viam o que estava acontecendo, mas ninguém interveio.

— Aí está você, Ralf — disse uma mulher, aproximando-se com um menininho no colo e uma menina com cerca de cinco anos logo atrás. — Desculpe, mas Bruno queria ver os trens a vapor e quase nos perdemos. Ah, o que aconteceu aqui? — ela perguntou. O homem sorriu, ergueu a bota e estendeu o braço para ajudar Pierrot a se levantar.

— Uma criança correndo sem olhar — ele respondeu, dando de ombros. — Quase me derrubou.

— As roupas dele são tão velhas — comentou a menina, observando Pierrot de cima a baixo com desgosto.

— Gretel, já falamos sobre esse tipo de comentário — disse a mãe, franzindo as sobrancelhas.

— E estão fedidas.

— Gretel!

— Vamos? — disse o homem, conferindo o relógio de pulso.

A mulher fez que sim e eles se afastaram. Massageando os dedos, Pierrot os observou indo embora. O menininho se virou nos braços da mãe e levantou a mão para acenar. Seus olhos cruzaram com os de Pierrot. Apesar da dor nas articulações, ele não conseguiu conter um sorriso e acenou de volta. Conforme a família desapareceu na multidão, os apitos tocaram por toda parte e Pierrot se deu conta de que precisava encontrar seu trem o mais rápido possível, senão poderia acabar preso em Mannheim.

O painel mostrava que partiria logo, da plataforma 3. Pierrot correu para lá, agarrando-se a um vagão no mesmo instante em que o bilheteiro começava a fechar as portas. Ele sabia que o próximo trecho demoraria três horas; àquela altura, fazia tempo que o entusiasmo de viajar havia passado.

O trem estremeceu ao sair da estação, em uma nuvem de vapor e barulho. Pela janela, Pierrot viu uma mulher de lenço na cabeça se aproximar correndo, arrastando uma mala e gritando para o maquinista esperar. Na plataforma, um grupo de três soldados começou a rir dela. O menino a viu deixar a mala de lado para discutir com eles, e ficou chocado quando um avançou sobre ela, pegou seu braço e o torceu atrás das costas. Pierrot observava a expressão no rosto dela ir de fúria a agonia quando uma mão tocou seu ombro e ele se virou.

— O que está fazendo aqui fora? — perguntou o bilheteiro. — Cadê sua passagem?

Pierrot pegou no bolso todos os documentos que as irmãs Durand lhe deram antes de deixar o orfanato. O homem folheou tudo sem o menor cuidado; o menino observou seu dedo sujo de tinta passando de linha em linha, seus lábios formando palavras sem som conforme respirava pela boca. O bilheteiro fedia a fumaça de charuto, e Pierrot sentiu o estômago revirar um pouco por causa disso e do movimento do trem.

— Tudo certo — disse o homem, enfiando a papelada no bolso do casaco de Pierrot e lendo os nomes na sua lapela. — Então você está viajando sozinho, é isso?

— Sim, senhor.

— Sem pais?

— Sim, senhor.

— Bom, você não pode ficar aqui fora enquanto o trem estiver em movimento. É perigoso. Pode cair sob as rodas e virar carne moída. Não pense que isso nunca aconteceu. Um menino do seu tamanho não teria a menor chance.

Pierrot sentiu aquelas palavras como uma faca no coração — afinal, Papa tinha morrido daquele jeito.

— Venha — disse o homem, segurando-o sem jeito pelos ombros e o arrastando por uma série de cabines; Pierrot ainda segurava a mala e os sanduíches. — Lotada — murmurou o bilheteiro, conferindo uma cabine e seguindo adiante. — Lotada — ele repetiu ao ver a próxima. — Lotada. Lotada. Lotada. — O bilheteiro baixou os olhos para falar com Pierrot. — Talvez não haja lugar. O trem está cheio hoje. Mas você não pode ficar em pé o caminho todo até Munique. É uma questão de segurança.

Pierrot não disse nada. Não sabia o que aquilo significava — se não podia sentar nem ficar em pé, não havia alternativa. Afinal, ele não sabia flutuar.

— Ah — disse o homem, enfim, abrindo uma porta e conferindo lá dentro; um burburinho de risadas e conversa vazou para o corredor. — Aqui tem espaço para alguém do seu tamanho. Vocês não se importam, não é, rapazes? É um menino viajando sozinho para Munique. Vou deixá-los tomando conta dele.

O bilheteiro saiu do caminho e Pierrot sentiu a ansiedade aumentar ainda mais. Cinco rapazes, todos entre catorze e quinze anos, de porte atlético, cabelo loiro e pele clara, se viraram em silêncio para vê-lo, como um grupo de lobos famintos que detectaram uma presa.

— Pode entrar — disse um deles, o mais alto do grupo, indicando o assento vago entre os dois rapazes à sua frente. — A gente não morde. — Ele estendeu a mão e fez um gesto, bem devagar, para chamar Pierrot, e algo no movimento deixou o menino bastante desconfortável. Sem alternativa, ele se sentou. Em alguns minutos, os rapazes voltaram a conversar entre si, ignorando-o.

Pierrot se sentiu muito pequeno sentado entre eles. Por um bom tempo, encarou os próprios pés. Então, quando criou coragem, levantou os olhos do chão e fingiu olhar pela janela — na verdade, observava um dos meninos, que tirava uma soneca com o rosto pressionado contra o vidro.

Todos usavam roupas iguais: uniformes de camisa marrom, bermuda e gravata preta, meias brancas até os joelhos e braçadeira em formato de diamante vermelho e branco. No centro, a mesma cruz com pontas dobradas em ângulos retos usada pelo homem que pisara em seus dedos na estação de Mannheim. Pierrot não pôde evitar a admiração e desejou ter um uniforme como aqueles em vez das roupas de segunda mão do orfanato. Se estivesse vestido como um daqueles rapazes, meninas desconhecidas em estações de trem não fariam comentários sobre o estado de suas roupas.

— Meu pai foi soldado — ele disse de repente, surpreendendo a si mesmo com o volume da sua voz. Os garotos pararam de conversar e olharam para Pierrot; o rapaz na janela acordou e piscou algumas vezes, olhando em volta e perguntando se já tinham chegado a Munique.

— O que você disse? — perguntou o primeiro garoto, que era claramente o líder.

— Eu disse que meu pai foi soldado — repetiu Pierrot, já arrependido de ter falado qualquer coisa.

— E quando foi isso?

— Durante a guerra.

— Seu sotaque — disse o menino, inclinando-se para a frente. — Você fala bem, mas não é alemão, é?

Pierrot fez que não.

— Deixe-me adivinhar. — Um sorriso cruzou seu rosto enquanto apontava para o peito do menino. — Suíço. Não, francês! Estou certo, não estou?

Pierrot fez que sim.

O rapaz levantou uma sobrancelha e inalou algumas vezes, como se tentasse identificar um cheiro desagradável.

— E quantos anos você tem, seis?

— Sete — respondeu Pierrot, endireitando a postura, muito ofendido.

— Você é pequeno demais para ter sete.

— Eu sei — disse Pierrot. — Mas um dia serei maior.

— Talvez, se viver por tempo suficiente. E para onde está indo?

— Encontrar minha tia — disse Pierrot.

— Ela é francesa também?

— Não, é alemã.

O rapaz pensou naquilo por um momento e então abriu um sorriso desconcertante.

— Você sabe o que estou sentindo agora? — ele perguntou.

— Não — respondeu Pierrot.

— Fome.

— Você não tomou café da manhã hoje? — o menino perguntou, o que provocou gargalhadas de dois rapazes. Eles pararam de rir no instante em que o líder olhou para eles.

— Sim, eu tomei café da manhã — respondeu o rapaz, com calma. — Aliás, estava delicioso. E almocei também. Comi até um lanchinho na estação de Mannheim. Mas ainda estou com fome.

Pierrot olhou de relance para o pacote ao seu lado e lamentou não tê-lo colocado na mala, junto com o presente de Simone; tinha planejado comer dois ali e deixar o terceiro para o último trem.

— Talvez vendam lanches aqui — ele disse.

— Mas eu não tenho dinheiro — respondeu o menino, sorrindo e estendendo os braços. — Sou apenas um jovem a serviço da pátria. Um mero Rottenführer, filho de um professor de literatura. Mas sou superior a estes reles membros da Juventude Hitlerista que você vê ao meu lado. Seu pai é rico?

— Meu pai morreu.

— Na guerra?

— Não. Depois.

O rapaz ficou pensativo.

— Aposto que sua mãe é muito bonita — ele disse, estendendo a mão por um instante e tocando o rosto de Pierrot.

— Minha mãe também morreu — respondeu Pierrot, afastando-se dele.

— Que pena. Ela também era francesa?

— Sim.

— Então não foi uma perda tão grande assim.

— Ah, Kurt — disse o menino na janela. — Deixe-o em paz, é só uma criança.

— O que você disse, Schlenheim? — ele retrucou, virando a cabeça em um movimento rápido para encarar o colega. — Esqueceu a boa educação enquanto roncava feito um porco aí no canto?

Schlenheim engoliu de nervosismo e fez "não" com a cabeça.

— Peço desculpas, Rottenführer Kotler — ele respondeu baixinho, o rosto enrubescido. — Falei sem pensar.

— Vou repetir — disse Kotler, virando-se para Pierrot outra vez. — Estou com fome. Se ao menos houvesse alguma coisa para comer... Espere! O que é isso? — Ele sorriu, exibindo um conjunto impecável de dentes brancos e reluzentes. — Será que são sanduíches? — Estendeu o braço, pegou o embrulho de Pierrot e cheirou. — Parece que sim. Alguém deve ter esquecido aqui.

— São meus — disse Pierrot.

— Seu nome está escrito neles?

— Não dá para escrever no pão — respondeu Pierrot.

— Então não podemos ter certeza de quem é. Como fui eu que encontrei, digo que são meus. — Kotler abriu o pacote, pegou o primeiro sanduíche e devorou em três mordidas rápidas antes de começar o segundo. — Delícia — ele disse, oferecendo o último a Schlenheim, que recusou. — Não está com fome? — perguntou Kotler.

— Não, Rottenführer Kotler.

— Mas acho que ouvi seu estômago roncando. Coma.

Schlenheim estendeu o braço para pegar o sanduíche, sua mão um pouco trêmula.

— Muito bem — sorriu Kotler. — Pena que não tinha mais — ele disse, dando de ombros para Pierrot. — Se tivesse, eu poderia ter dado a você. Parece estar faminto!

Pierrot o encarou, querendo lhe dizer exatamente o que pensava sobre pessoas mais velhas roubando sua comida, mas havia alguma coisa naquele garoto que o fez entender que sairia perdendo em qualquer discussão que tivessem, e não apenas por Kotler ser maior. Sentiu lágrimas se formando nos olhos, mas prometeu a si mesmo que não choraria; piscou para forçá-las a recuar e olhou para o chão. Kotler moveu a bota um pouquinho para a frente, chamando a atenção de Pierrot, que olhou para ele. Jogou o embrulho vazio e amassado no menino, acertando seu rosto. Em seguida, voltou a conversar com os outros.

Dali até Munique, Pierrot não abriu a boca.

O trem chegou à estação duas horas depois e os membros da Juventude Hitlerista recolheram seus pertences; Pierrot preferiu esperar que fossem embora antes de pegar os seus. Saíram pela porta um a um, até apenas Pierrot e Rottenführer Kotler ficarem na cabine. O rapaz olhou para ele e se reclinou para examinar o nome da cidade em sua lapela.

— Você precisa descer aqui, esta é sua estação — ele disse, como se não tivesse feito nada e estivesse apenas sendo solícito. Então, arrancou o pedaço de papel do casaco de Pierrot e se abaixou para ler o último nome:

SALZBURGO.

— Ah — ele continuou. — Então você não fica na Alemanha. Vai para a Áustria.

Um pânico repentino tomou conta da cabeça de Pierrot ao pensar em seu destino final. Mesmo sem a menor vontade de conversar com aquele rapaz, sabia que precisava perguntar.

— Você não está indo para lá também, está? — ele perguntou, detestando a ideia de acabarem no mesmo trem outra vez.

— Para onde, para a Áustria? — disse Kotler, pegando a mochila no compartimento acima e seguindo para a porta. Ele sorriu e sacudiu a cabeça. — Não. — Começou a sair, mas parou e olhou de novo para Pierrot. — Pelo menos, não por enquanto — acrescentou, com uma piscadela. — Mas em breve. Muito em breve, acho. Hoje, os austríacos têm um lugar para chamar de seu. Mas um dia... *puf*! — Ele juntou as pontas dos dedos e depois as separou, fazendo o som de uma explosão. Em seguida, caiu na risada e saiu da cabine.

O último trecho, para Salzburgo, demorou menos de duas horas. Àquela altura, Pierrot estava cansado e faminto, mas, apesar da exaustão, tinha medo de dormir e acabar perdendo a parada. Pensou no mapa da Europa que havia na parede da sua sala de aula em Paris e tentou imaginar onde ia parar, caso isso acontecesse. Na Rússia, talvez. Ou mais longe ainda.

Ele viajou sozinho na cabine e, lembrando-se do presente que Simone lhe dera na plataforma de Orléans, enfiou a mão na mala para pegá-lo. Desembrulhando-o, passou o dedo sobre as palavras na capa do livro.

Emil e os detetives, estava escrito. De Erich Kästner.

A ilustração da capa era a de um homem caminhando por uma rua amarela enquanto três meninos atrás de um poste o espiavam. No canto inferior direito estava a palavra *Trier*. Pierrot leu as primeiras linhas:

> — Por favor, Emil, me traga aquela jarra de água quente, sim? — disse a sra. Tischbein.
>
> Ela pegou uma das jarras e uma pequena tigela azul com xampu de camomila, e se apressou ao sair da cozinha e ir para a sala. Emil pegou a outra jarra e a seguiu.

Pierrot se surpreendeu ao descobrir que o menino do livro, Emil, tinha algumas coisas em comum com ele — ou, pelo menos, com a pessoa que tinha sido. Emil morava sozinho com a mãe (mas em Berlim, não em Paris) e seu pai tinha morrido. Logo no começo da história, ele embarca em uma viagem de trem, assim como Pierrot, e um homem sentado na mesma cabine rouba seu dinheiro, assim como Rottenführer Kotler fez com os sanduíches de Pierrot. O menino ficou aliviado, porque podia não ter dinheiro, mas tinha uma maleta cheia de roupas, sua escova de dente e uma fotografia de seus pais, além de uma história que Anshel enviara antes e que já tinha lido duas vezes. O texto era sobre um menino que sofria ofensas de pessoas que até então considerava seus amigos, e Pierrot achou a coisa toda um tanto perturbadora. Preferia as histórias que Anshel escrevia antes, sobre mágicos e animais falantes.

Pierrot aproximou a maleta de si, caso alguém entrasse e tentasse fazer com ele o que Max Grundeis fizera com Emil. Por fim, o movimento do trem se tornou tão relaxante que ele não conseguiu manter os olhos abertos. O livro escorregou de suas mãos e ele caiu no sono.

Acordou assustado ao ouvir alguém batendo o dedo na janela, como se só tivesse fechado os olhos. Olhou em volta, surpreso, perguntando-se onde estava, depois entrando em pânico ao pensar que tinha chegado à Rússia. O trem estava parado e o silêncio era assombroso.

A batida se repetiu, mais alta dessa vez. Havia tanta condensação no vidro que ele não conseguia enxergar a plataforma. Passou a mão em arco e o trecho limpo permitiu que lesse uma placa enorme. Para seu alívio, dizia "Salzburgo".

Uma mulher linda, de cabelo comprido e ruivo, estava do lado de fora, olhando para Pierrot. Ela disse alguma coisa, mas ele não conseguiu ouvir. Ela repetiu — e nada. O menino esticou o braço, abriu a pequena janela de cima e então as palavras da mulher fizeram sentido.

— Pierrot — ela berrou. — Sou eu! Sua tia Beatrix!

5
A CASA NO ALTO DA MONTANHA

Pierrot acordou na manhã seguinte em um quarto desconhecido. O teto tinha uma série de longas vigas de madeira, cruzadas por colunas mais escuras. No canto acima de sua cabeça havia uma grande teia de aranha cuja arquiteta estava pendurada de maneira ameaçadora por um fio.

Ele ficou deitado por alguns minutos, tentando reconstituir como havia chegado até ali. A última coisa de que se lembrava com clareza era de descer do trem e caminhar pela plataforma com uma mulher que disse ser sua tia, então subir no banco traseiro de um carro dirigido por um homem de uniforme cinza-escuro e quepe de chofer.

Depois disso, era um branco. Tinha vaga noção de ter falado sobre como um rapaz da Juventude Hitlerista o forçara a abrir mão de seus sanduíches. O chofer comentou algo sobre a maneira como aqueles garotos se comportavam, mas tia Beatrix o silenciou. Pierrot deve ter caído no sono mais ou menos àquela altura — e sonhou que flutuava acima das nuvens, cada vez mais alto, cada vez mais frio. Então dois braços fortes o tiraram do carro e o levaram para o quarto, onde uma mulher o cobriu e beijou sua testa antes de apagar a luz.

Pierrot se sentou na cama e olhou em volta. O aposento era pequeno, menor até que seu quarto em Paris, e não tinha nada além de cama, uma cômoda com uma bacia e uma jarra e um guarda-roupa no canto. Ele ergueu as cobertas, olhou e se surpreendeu ao perceber que usava um camisão, sem nada por baixo. Alguém tinha tirado suas roupas. Tal pensamento fez seu rosto ficar vermelho, pois aquela pessoa tinha visto *tudo*.

Pierrot desceu da cama e foi ao guarda-roupa, os pés descalços sobre o assoalho gelado de madeira, mas suas roupas não estavam lá. Abriu as gavetas da cômoda, que estavam vazias. Havia água na jarra, e ele bebeu alguns goles, depois bochechou um pouco e derramou o resto na bacia para lavar o rosto. Foi até a única janela e abriu a cortina para ver lá fora, mas o vidro estava coberto de gelo e só era possível enxergar uma mistura difusa de verde e branco, que sugeria um campo se esforçando para vencer a neve. O menino sentiu um nó de ansiedade crescer no estômago.

Ele se perguntou onde estava.

Dando meia-volta, reparou que havia na parede o retrato de um homem muito sério com um pequeno bigode, o olhar no horizonte. Ele usava um casaco amarelo com uma cruz de ferro no bolso do peito. Uma mão estava sobre o encosto de uma poltrona e a outra, punho fechado, no quadril. Atrás dele, havia uma pintura de árvores e um céu escuro repleto de nuvens cinzentas, como se uma tempestade terrível estivesse se formando.

Pierrot observou a imagem por bastante tempo — havia algo de hipnótico na expressão daquele homem — e desviou o olhar apenas quando ouviu passos se aproximando pelo corredor. Voltou para a cama num salto e puxou as cobertas até o queixo. Quando ela se abriu, uma moça corpulenta olhou para dentro do quarto. Tinha cerca de dezoito anos, cabelos vermelhos e rosto mais vermelho ainda.

— Então você já acordou — ela disse, em tom acusatório.

Pierrot não respondeu; apenas concordou com a cabeça.

— Você precisa vir comigo — a moça disse.

— Para onde?

— Para onde eu for, oras. Venha. Rápido. Já estou ocupada o suficiente sem ter que ficar respondendo a um monte de perguntas imbecis.

Pierrot saiu da cama e caminhou até ela, olhando para os próprios pés.

— Onde estão minhas roupas? — ele perguntou.

— Foram para o incinerador — a moça respondeu. — A essa altura, já devem ter virado cinzas.

Pierrot perdeu o ar, desolado. As roupas que usara na viagem tinham sido compradas por Maman no aniversário dele, a última vez que os dois saíram para fazer compras juntos.

— E minha mala? — ele perguntou.

— Tudo se foi. — Ela deu de ombros, sem parecer nem um pouco arrependida. — Não queríamos aquelas coisas feias e malcheirosas na casa.

— Mas eram…

— Pode parar com essa bobagem — disse a jovem, virando-se e balançando um dedo à frente do rosto dele. — Eram nojentas e deviam estar cheias de coisas indesejáveis.

Foi melhor terem ido para o fogo. E você tem sorte de estar aqui em Berghof...

— Onde? — perguntou Pierrot.

— Em Berghof — a moça repetiu. — É o nome desta casa. Não permitimos gente malcriada aqui dentro. Agora, siga-me. Não quero ouvir mais nenhuma palavra.

Ele a acompanhou pelo corredor, olhando à esquerda e à direita, tentando absorver o entorno. A casa, quase toda de madeira, era muito bonita e aconchegante — as fotografias nas paredes, de grupos de oficiais uniformizados fazendo pose (alguns olhando diretamente para a câmera, como se tentassem intimidá-la a ponto de rachar) pareciam um pouco deslocadas. Ele parou diante de uma delas, impressionado com a imagem. Aqueles homens eram imponentes, assustadores, bonitos, eletrizantes, tudo ao mesmo tempo. Pierrot tentou imaginar se ficaria como eles quando crescesse; se ficasse, ninguém ousaria derrubá-lo em estações ou roubar seus sanduíches em cabines de trem.

— É ela quem tira essas fotos — disse a jovem, parando ao ver o que Pierrot observava.

— Quem? — ele perguntou.

— A senhora. Agora pare de enrolar. A água está esfriando.

Pierrot não entendeu o que a moça quis dizer, mas a seguiu conforme descia as escadas e virava à esquerda.

— Qual é seu nome mesmo? — ela perguntou, olhando para trás. — Não consigo guardar.

— Pierrot.

— E que tipo de nome é esse?

— Não sei — ele disse, dando de ombros. — É só meu nome.

— Não mexa os ombros assim — a moça disse. — A senhora não suporta gente que faz isso. Ela diz que é prosaico.

— Você está falando da minha tia? — perguntou Pierrot.

A moça parou e olhou para ele por um instante antes de jogar a cabeça para trás e gargalhar.

— Beatrix não é a senhora — a moça disse. — É só a governanta. A senhora é... Ora, é a senhora. É quem dá as ordens. Sua tia recebe ordens dela. Todos nós recebemos.

— Qual é seu nome? — perguntou Pierrot.

— Herta Theissen — respondeu a moça. — Sou a segunda criada em comando aqui.

— Quantas criadas são?

— Duas — a moça disse. — Mas a senhora diz que logo precisaremos de mais. Quando as outras vierem, ainda serei a segunda em comando e elas vão ter que me obedecer.

— Você mora aqui? — ele perguntou.

— Claro que sim. Pareço estar só de passagem? Aqui ficam o senhor e a senhora, quando eles vêm, apesar de não os vermos já faz algumas semanas. Às vezes eles passam o fim de semana; às vezes ficam mais tempo. Às vezes não os vemos por mais de um mês. Tem também Emma, a cozinheira. Acredite, você não quer se desentender com ela. E Ute, a chefe das criadas. E Ernst, o chofer. Você o conheceu ontem à noite, imagino. Ah, ele é ótimo! Tão bonito, engraçado e atencioso. — Ela parou de falar por um momento e suspirou, contente. — E sua tia, claro. A governanta. Costumamos ter dois soldados à porta, mas eles mudam com frequência, então nem adianta conhecer.

— Onde está minha tia? — perguntou Pierrot, já decidindo que não gostava muito de Herta.

— Ela desceu a montanha com Ernst para comprar itens de primeira necessidade. Deve voltar logo. Mas não dá para saber, com aquela dupla. Sua tia tem o terrível hábito de desperdiçar o tempo dele. Eu gostaria de dizer algumas coisinhas a ela sobre isso, mas sua tia está acima de mim e provavelmente reclamaria para a senhora.

Herta abriu outra porta e Pierrot a seguiu. Havia uma banheira de estanho no centro do aposento, com água até a metade, vapor saindo dela.

— É dia de banho? — ele perguntou.

— Para você, sim — disse Herta, arregaçando as mangas. — Vamos, tire esse pijama e entre para que eu possa ensaboá-lo. Só Deus sabe o tipo de sujeira que você trouxe para cá. Não conheci nenhum francês que não fosse imundo.

— Ah, não — disse Pierrot, sacudindo a cabeça e se afastando, mantendo as mãos no ar para impedi-la de se aproximar. Ele jamais tiraria a roupa na frente de um completo estranho, muito menos de uma moça. Não gostava de fazer aquilo nem no quarto do orfanato, onde havia apenas meninos. — Não, não, não. De jeito nenhum. Não vou tirar nada. Desculpe, mas não vou.

— Você acha que tem escolha? — perguntou Herta, colocando as mãos nos quadris e olhando para ele como se fosse alienígena. — Ordens são ordens, Pierre!

— Pierrot.

— Você vai aprender mais cedo ou mais tarde. Ordens são dadas e nós obedecemos. Toda vez. Sem questionar.

— Eu me recuso — disse Pierrot, enrubescendo de vergonha. — Minha mãe parou de me dar banho quando fiz cinco anos.

— Bom, pelo que sei, sua mãe está morta. E seu pai pulou debaixo de um trem.

Pierrot a encarou, incapaz de falar por um momento. Não conseguia acreditar que alguém pudesse dizer algo tão cruel.

— Eu me lavo — ele disse enfim, a voz falhando um pouco. — Sei me lavar. E vou fazer isso direitinho. Prometo.

Herta jogou as mãos para o alto, rendendo-se.

— Está bem — ela pegou uma barra de sabão e enfiou na mão do menino, sem nenhum cuidado. — Mas vou voltar em quinze minutos e esse sabão precisa acabar até lá, entendeu? Senão, eu mesma usarei a escova em você, e nada que disser vai me impedir.

Pierrot concordou com a cabeça e respirou aliviado, esperando até a moça sair do banheiro para tirar o camisão e entrar devagar na banheira. Uma vez lá dentro, reclinou-se e fechou os olhos, usufruindo do luxo inesperado. Fazia tempo que não tomava um banho quente. No orfanato era sempre frio, pois muitas crianças usavam a mesma água. Ele amaciou o sabão e, quando havia espuma suficiente, começou a se limpar.

A água da banheira logo ficou turva por causa de toda a sujeira em seu corpo. Ele afundou a cabeça, apreciando a maneira como os sons do mundo desapareceram, depois ensaboou o couro cabeludo. Após enxaguar toda a espuma, se sentou e esfregou os pés e as unhas. Para seu alívio, o sabão foi ficando cada vez menor, e ele continuou a se lavar até desaparecer por completo, aliviado por saber que, quando Herta voltasse, não haveria nenhuma justificativa para cumprir sua ameaça pavorosa.

Quando ela entrou (sem nem bater na porta!), trazia uma toalha grande, que estendeu para ele.

— Vamos — a moça disse. — Saia daí.

— Vire-se — disse Pierrot.

— Haja paciência... — respondeu Herta com um suspiro, fechando os olhos.

Pierrot saiu da banheira e se permitiu ser envolvido pelo tecido felpudo, o mais macio e suntuoso que tinha sentido na vida. Era tão confortável que teria ficado daquele jeito para sempre.

— Deixei roupas limpas na sua cama — disse Herta. — São grandes demais para você, mas é o que temos por enquanto. Beatrix descerá a montanha com você para comprar o que for necessário. Foi o que me disseram, pelo menos.

Outra vez "a montanha".

— Que tipo de lugar é este? — perguntou Pierrot.

— Chega de perguntas — disse Herta, afastando-se. — Tenho mais o que fazer. Vá se vestir. Coma alguma coisa quando descer, se estiver com fome.

Ainda enrolado na toalha, Pierrot voltou correndo pelas escadas até o quarto, os pés deixando pequenas pegadas no assoalho de madeira. Havia, de fato, um conjunto de roupas empilhadas na cama. Ele as vestiu, depois dobrou as mangas da camisa e as barras da calça, apertando o cinto o máximo que pôde. Havia também um casaco bem grosso, mas era tão grande que ficou abaixo dos joelhos do menino, que decidiu enfrentar o clima sem ele.

Descendo outra vez as escadas, Pierrot olhou em volta,

sem saber para onde ir. Não havia ninguém por perto para ajudá-lo.

— Olá? — ele disse baixinho, sem querer chamar atenção demais para si, mas torcendo para ser ouvido. — Olá? — repetiu, seguindo para a porta da frente. Ouviu vozes; dois homens rindo lá fora. Então girou a maçaneta e a abriu, revelando uma explosão de luz solar, apesar do frio.

Quando ele pisou do lado de fora, os homens jogaram os cigarros pela metade no chão e esmagaram com as botas, para então endireitar a postura e olhar para a frente. Eram um par de estátuas vivas, com uniforme e quepe cinza, cinto preto grosso e botas pretas que chegavam quase aos joelhos. Ambos carregavam um rifle, apoiado no ombro.

— Bom dia — disse Pierrot, cauteloso.

Nenhum dos soldados respondeu. Ele foi um pouco mais adiante e deu meia-volta, observando um e depois o outro. A noção de quão ridículos pareciam tomou conta de Pierrot, que puxou os cantos da boca com os dedos, esticando-a o máximo que podia, então rolou os olhos para cima, tentando não cair na risada. Eles não reagiram. O menino pulou numa perna só e bateu a mão na boca várias vezes, soltando um grito de guerra. Nada.

— Sou Pierrot! — ele declarou. — Rei da montanha!

Nesse instante, a cabeça de um dos soldados se virou de leve e a expressão em seu rosto, a maneira como seu lábio se contraiu e seu ombro se ergueu um pouco — fazendo o rifle se erguer também —, fez o menino pensar que talvez fosse melhor não falar mais com eles.

Parte dele desejou voltar para dentro e encontrar alguma coisa para comer, como tinha sugerido Herta. Pierrot não tinha comido nada nas vinte e quatro horas desde que deixara Orléans. Mas agora queria também explorar as imediações para descobrir exatamente onde estava.

Ele caminhou pela grama, coberta por uma camada fina de gelo branco que se esmigalhava sob suas botas, e admirou a paisagem. A vista à sua frente era estonteante. Não estava apenas no alto de uma montanha, estava em uma cordilheira, cada pico imenso chegando às nuvens. Os cumes enevoados se misturavam com o branco do céu, disfarçando os limites entre um e outro. Pierrot nunca tinha visto nada como aquilo. Ele contornou a casa para ver o restante da paisagem.

Era lindíssima. Um mundo colossal e silencioso, envolto em tranquilidade.

O menino ouviu um som à distância e continuou andando enquanto observava a estrada sinuosa que saía da frente da casa e cruzava o coração dos Alpes, contorcendo-se para a esquerda e a direita de forma imprevisível antes de desaparecer. Pierrot se perguntou a que altura estaria. Inspirou fundo; o ar parecia fresco e leve, preenchendo seus pulmões e sua alma com uma enorme sensação de bem-estar.

Ao olhar outra vez para a estrada, viu um carro subir devagar em sua direção, e pensou que talvez fosse melhor voltar para dentro antes de quem quer que fosse chegar. Desejou que Anshel estivesse ali; o amigo saberia o que fazer. Tinham escrito um para o outro com frequência quando Pierrot estava no orfanato, mas a mudança acontecera tão rápido que ele não tivera tempo de avisá-lo. Precisaria escrever em breve, mas qual endereço forneceria?

Pierrot Fischer
Alto da montanha
Perto de Salzburgo

Não ajudaria muito.

O carro se aproximou e parou em um posto de controle, seis metros abaixo. Pierrot viu um soldado sair de uma pequena guarita de madeira, abrir uma cancela e sinalizar para o veículo seguir. Era o mesmo que o buscara na estação de trem no dia anterior, um Volkswagen preto conversível com um par de bandeiras com as cores preta, branca e vermelha à frente, sacudindo ao vento.

Quando o veículo chegou e parou, Ernst saiu e deu a volta para abrir a porta de trás. A tia de Pierrot saiu também, os dois papeando por um instante antes de ela olhar na direção dos soldados à porta; a expressão do seu rosto se rearranjou em uma feição séria. Ernst voltou ao banco do motorista e foi estacionar.

Beatrix perguntou alguma coisa a um dos soldados, que apontou na direção de Pierrot; ela se virou e eles olharam um para o outro. Conforme seu rosto relaxou e ela sorriu, o menino percebeu o quanto ela era parecida com seu pai. Sua expressão lembrava muito a dele. Pierrot desejou estar de volta em Paris nos bons e velhos tempos, com os pais vivos, cuidando dele, amando-o, protegendo-o; D'Artagnan arranhando a porta, ansioso para passear; Anshel no andar de baixo, pronto para ensinar mais palavras silenciosas.

Beatrix levantou a mão; ele esperou um instante antes de levantar a dele para responder e então caminhar até ela, agora curioso para saber como seria sua nova vida.

6
UM POUCO MENOS FRANCÊS, UM POUCO MAIS ALEMÃO

Na manhã seguinte, Beatrix entrou no quarto de Pierrot para dizer que eles desceriam a montanha a fim de comprar roupas novas.

— As coisas que você trouxe de Paris não eram adequadas — ela explicou, olhando em volta e fechando a porta. — O senhor de Berghof tem ideias muito rígidas sobre esses assuntos. É mais seguro você usar roupas tradicionais alemãs. Seus trajes eram boêmios demais para o gosto dele.

— Mais seguro? — perguntou Pierrot, surpreso com as palavras escolhidas pela tia.

— Não foi fácil convencê-lo a deixar que você viesse para cá — ela explicou. — Ele não está acostumado com crianças. Tive de prometer que você não causaria nenhum problema.

— Ele não tem filhos? — Pierrot torcera para que houvesse outra criança da sua idade com o senhor de Berghof, quando ele chegasse.

— Não. E é melhor não fazer nada para irritá-lo, pois ele pode mandar você de volta para Orléans.

— O orfanato não é tão ruim quanto achei que seria — disse Pierrot. — Simone e Adèle foram muito boas comigo.

— Tenho certeza disso. Mas a família é importante. E eu e você somos família. A única que resta para nós dois. Não podemos abandonar um ao outro.

Pierrot concordou com a cabeça, mas havia um pensamento que ele não conseguia tirar da cabeça desde a chegada da carta da tia.

— Por que nos conhecemos só agora? — ele perguntou. — Por que você nunca nos visitou em Paris?

— Essa não é uma história para hoje — Beatrix disse, sacudindo a cabeça e se levantando. — Mas falaremos sobre isso em breve, se quiser. Venha, você deve estar com fome.

Depois do café da manhã, saíram da casa e foram até Ernst, que estava apoiado de maneira despreocupada na lateral do carro, lendo o jornal. Ele levantou o rosto, sorriu para os dois e dobrou o jornal ao meio, colocando-o debaixo do braço e abrindo a porta do veículo. Pierrot passou os olhos em seu uniforme — como era elegante! — e pensou que talvez pudesse convencer a tia a comprar algo parecido. Sempre gostou de uniformes. Seu pai mantinha um no guarda-roupa do apartamento de Paris, uma jaqueta verde-oliva com gola redonda, seis botões e calças combinando, mas nunca usava. Certa vez, quando flagrou Pierrot experimentando a jaqueta, congelou na soleira da porta, incapaz de se mexer, e Maman deu uma bronca no filho por fuçar.

— Bom dia, Pierrot! — disse o chofer, alegre, bagunçando o cabelo do menino. — Dormiu bem?

— Muito bem, obrigado.

— Ontem à noite sonhei que jogava futebol pela seleção

alemã — disse Ernst. — Fiz o gol da vitória contra os ingleses e todo mundo festejou. Fui carregado nos ombros dos outros jogadores.

Pierrot meneou a cabeça. Não gostava quando as pessoas contavam seus sonhos. Nunca faziam muito sentido, assim como algumas das histórias mais complicadas de Anshel.

— Qual é o destino, Fräulein Fischer? — perguntou Ernst, fazendo uma reverência teatral com seu chapéu diante de Beatrix.

Ela riu ao entrar no banco traseiro do carro.

— Devo ter sido promovida, Pierrot — ela disse. — Ernst nunca se refere a mim em termos tão respeitosos. Para a cidade, por favor. O menino precisa de roupas novas.

— Não ouça o que ela diz — comentou Ernst, assumindo seu lugar no banco do motorista e dando a partida. — Sua tia sabe o quanto gosto dela.

Pierrot se virou para Beatrix, cujos olhos encontraram os do chofer no retrovisor, e reparou no meio sorriso que iluminou seu rosto e na leve coloração vermelha que surgiu em suas bochechas. Conforme partiram, ele se virou para a janela traseira e observou a casa desaparecer de vista. Era belíssima, com seu contorno de madeira clara se destacando na paisagem acidentada coberta de neve, como um inesperado enfeite.

— Lembro a primeira vez que a vi — comentou Beatrix, acompanhando o olhar de Pierrot. — Não consegui acreditar em como era tranquila. Soube na mesma hora que era um lugar de muita serenidade.

— E é mesmo — murmurou Ernst para si, mas alto o suficiente para Pierrot ouvir. — Quando *ele* não está.

— Faz quanto tempo que você mora aqui? — perguntou Pierrot, voltando-se para a tia.

— Bom, eu tinha trinta e quatro quando cheguei, portanto deve fazer… ah, pouco mais de dois anos.

Pierrot a examinou com atenção. Ela era linda, não havia dúvida, o cabelo longo e vermelho se enrolando de leve na altura dos ombros, pele muito branca e impecável.

— Então você tem trinta e seis? — ele perguntou depois de um tempo. — Que velha!

Beatrix caiu na gargalhada.

— Pierrot, eu e você precisamos ter uma conversinha — disse Ernst. — Se quiser encontrar uma namorada um dia, precisa saber como falar com as mulheres. Nunca diga que elas parecem velhas. Se for adivinhar a idade delas, diga sempre cinco anos a menos do que pensa de verdade.

— Não quero uma namorada — respondeu Pierrot na mesma hora, pasmo com a ideia.

— Você diz isso agora. Vejamos como se sente daqui a uns anos.

Pierrot fez que não. Ele se lembrava de Anshel todo bobo por causa da menina nova da classe, escrevendo histórias para ela e deixando flores em sua mesa. Ele tentou conversar seriamente com o amigo sobre aquilo, mas não havia nada que pudesse fazer. Anshel estava apaixonado. Para Pierrot, a coisa toda pareceu ridícula.

— Quantos anos você tem, Ernst? — perguntou Pierrot, passando o corpo pelo espaço entre os bancos da frente para ver o chofer.

— Vinte e sete — disse Ernst, olhando o menino de

relance. — Eu sei, é difícil acreditar. Pareço um menino na flor da juventude.

— Preste atenção na estrada — disse tia Beatrix, baixinho, mas seu tom de voz entregou que ela se divertiu com o comentário. — E sente-se direito, Pierrot, é perigoso ficar assim. Se passarmos por um buraco…

— Você vai se casar com Herta? — perguntou Pierrot, interrompendo-a.

— Herta? Que Herta?

— A criada.

— *Herta Theissen*? — perguntou Ernst, levantando a voz, horrorizado. — Não, pelo amor de Deus. Por que você pensaria uma coisa dessas?

— Ela disse que você é bonito, engraçado e atencioso.

Beatrix caiu na risada e cobriu a boca com as mãos.

— Será mesmo, Ernst? — ela perguntou, provocando-o. — Será que a doce Herta está apaixonada por você?

— As mulheres vivem se apaixonando por mim — disse Ernst, dando de ombros. — É a cruz que carrego. Olham para mim e pronto: perdidas para sempre. — Ele estalou os dedos. — Não é fácil ser tão bonito assim, sabia?

— E tão modesto — acrescentou Beatrix.

— Talvez ela goste do seu uniforme — sugeriu Pierrot.

— Toda mulher gosta de homens de uniforme — disse Ernst.

— Talvez toda mulher — comentou Beatrix. — Mas não todo uniforme.

— Você sabe por que as pessoas usam uniformes, Pierrot? — continuou o chofer.

O menino fez que não.

— Porque quem veste um uniforme acredita que pode fazer o que bem entender.

— Ernst — disse Beatrix, baixinho.

— E começa a tratar os outros de um jeito que jamais trataria se estivesse com roupas normais. Camisa, sobretudo, botas. Uniformes permitem que a gente exerça nossa crueldade sem sentir culpa.

— Ernst, basta — insistiu Beatrix.

— Você não concorda?

— Você sabe que sim — ela disse. — Mas não é o momento para uma conversa dessas.

Ernst não respondeu e continuou a dirigir em silêncio, enquanto Pierrot tentou entender o que ele tinha dito. Na verdade, o menino não concordava com o chofer. Amava uniformes. Queria muito ter um.

— Tem alguma criança por aqui para brincar comigo? — ele perguntou depois de um tempo.

— Infelizmente, não — disse Beatrix. — Mas na cidade há muitas, e você deve voltar à escola logo. Aposto que fará amigos por lá.

— Eles poderão ir ao alto da montanha para brincar comigo?

— Não, o senhor não ia gostar disso.

— Temos que tomar conta um do outro daqui em diante, Pierrot — disse Ernst no banco da frente. — Preciso de mais um homem naquele lugar. O jeito que essas mulheres me exploram é monstruoso.

— Mas você é velho — respondeu Pierrot.

— Não sou tão velho assim.

— Você tem vinte e sete anos, é uma antiguidade.

— Se ele é uma antiguidade — perguntou Beatrix —, o que sou eu?

Pierrot hesitou por um momento.

— Pré-histórica — disse, rindo um pouquinho. Beatrix caiu na gargalhada.

— Minha nossa, pequeno Pierrot — disse Ernst —, você tem mesmo muito que aprender sobre as mulheres.

— Você tinha muitos amigos em Paris? — perguntou Beatrix, mudando de assunto.

— Vários. E um arqui-inimigo que me chamava de "Le Petit", porque sou baixinho.

— Você vai crescer — disse Beatrix.

— Existem valentões por toda parte — disse Ernst, ao mesmo tempo.

— Meu melhor amigo *do mundo*, Anshel, morava no andar de baixo, e é dele que sinto mais falta. Anshel está tomando conta do meu cachorro, D'Artagnan, porque não pude levá-lo para o orfanato. Fiquei com ele algumas semanas depois que Maman morreu, mas a mãe dele não quis que eu morasse lá.

— Por que não? — perguntou Ernst.

Pierrot pensou na pergunta e cogitou contar sobre a conversa que entreouviu naquele dia, mas mudou de ideia. Ainda se lembrava de como ela tinha ficado brava quando o encontrou usando o quipá, de como ela não queria que fosse com eles à sinagoga.

— Eu e Anshel passávamos a maior parte do tempo juntos — ele disse, ignorando a pergunta de Ernst. — Quer dizer, isso quando ele não estava escrevendo.

— Escrevendo? — perguntou Ernst.

— Ele quer ser escritor quando crescer.

Beatrix sorriu por um momento.

— Você também? — ela perguntou.

— Não — respondeu Pierrot. — Tentei algumas vezes, mas não consigo usar as palavras tão bem. Eu costumava inventar coisas, ou falava de coisas engraçadas que tinham acontecido na escola, então Anshel sumia por uma hora e, quando voltava, me entregava o texto escrito. E sempre dizia que a história ainda era minha.

Os dedos de Beatrix tamborilavam no banco de couro enquanto ela pensava.

— Anshel... — ela disse, depois de um tempo. — Foi a mãe dele quem me escreveu dizendo onde eu podia encontrar você. Refresque minha memória, Pierrot, qual era mesmo o sobrenome dele?

— Bronstein.

— Anshel Bronstein.

Pierrot notou que os olhos de sua tia encontraram de novo os de Ernst no retrovisor apenas por um segundo. O chofer fez um discreto gesto negativo com a cabeça, a expressão agora muito séria.

— Aqui vai ser muito chato — disse Pierrot, desanimado.

— Vai ver que sempre terá bastante coisa para fazer quando não estiver na escola — respondeu Beatrix. — E tenho certeza de que vamos encontrar um trabalho para você.

— Trabalho? — perguntou Pierrot, olhando para ela, surpreso.

— Sim, claro. Todo mundo na casa do alto da montanha precisa trabalhar. Até você. O trabalho liberta. É o que o senhor de Berghof diz.

— Achei que já fosse livre — disse Pierrot.

— Eu também — disse Ernst. — Acontece que estávamos enganados.

— Pare com isso, Ernst — disparou Beatrix.

— Que tipo de trabalho? — perguntou Pierrot.

— Ainda não sei — ela respondeu. — O senhor talvez tenha alguma ideia. Senão, tenho certeza que eu e Herta podemos pensar em alguma coisa. Talvez você possa ajudar Emma na cozinha. Ah, não fique tão preocupado, Pierrot. Todos os alemães devem contribuir de alguma maneira com a pátria, não importa quão jovem ou quão velho.

— Mas não sou alemão — disse Pierrot. — Sou francês.

Beatrix se virou rápido para ele, o sorriso desaparecendo do rosto.

— Você nasceu na França, é verdade — ela disse. — E sua mãe era francesa. Mas seu pai era alemão. E isso faz de você alemão, entende? De agora em diante, é melhor não mencionar de onde veio.

— Mas por quê?

— Porque é mais seguro assim — ela respondeu. — E tem outra coisa sobre a qual quero falar com você. Seu nome.

— Meu nome? — perguntou Pierrot, olhando para ela e franzindo as sobrancelhas.

— Sim — a tia hesitou, como se não conseguisse acreditar no que estava prestes a dizer. — Acho que não devíamos mais chamar você de Pierrot.

O queixo dele caiu, tamanho o espanto. Aquilo não podia ser verdade.

— Mas *sempre* me chamaram de Pierrot — ele disse. — É... é meu nome, oras!

— Mas é um nome tão... *francês*. Pensei que podíamos chamar você de Pieter. Não é tão diferente assim.

— Mas não sou Pieter — ele insistiu. — Sou Pierrot.

— Por favor, Pieter...

— Pierrot!

— Por favor, confie em mim. Você pode continuar sendo Pierrot no coração, claro. Mas, no alto da montanha, quando houver outras pessoas por perto e, principalmente, quando o senhor ou a senhora estiverem lá, você será Pieter.

— Mas eu não gosto de Pieter — o menino suspirou.

— Você precisa entender que estou apenas pensando no melhor para você. Por isso o trouxe para morar comigo. Quero mantê-lo em segurança. Esse é o único jeito que consigo imaginar de fazer isso. Preciso que seja obediente, mesmo que, às vezes, as coisas que eu pedir pareçam um tanto estranhas.

Seguiram em silêncio por um tempo, ainda descendo a montanha. Pierrot se perguntou o que mais mudaria em sua vida até o fim daquele ano.

— Qual é o nome da cidade para onde estamos indo? — ele perguntou, enfim.

— Berchtesgaden — respondeu Beatrix. — Agora não falta muito. Chegaremos em poucos minutos.

— Ainda estamos em Salzburgo? — perguntou Pierrot, lembrando o último nome preso ao seu colarinho.

— Não, estamos a cerca de trinta quilômetros de lá — ela explicou. — As montanhas que você vê são os Alpes bávaros. Para lá — ela apontou pela janela esquerda — fica a fronteira com a Áustria. E ali — agora para a direita — fica Munique. Você passou por Munique no caminho para cá, não passou?

— Sim — respondeu Pierrot. — E por Mannheim — acrescentou, lembrando-se do soldado na estação que pareceu gostar de pisar em seus dedos. — Então, para lá — ele disse, estendendo a mão e apontando para o horizonte, além das montanhas, para o mundo invisível que existia adiante — deve ser minha casa, Paris.

Beatrix fez que não e baixou a mão de Pierrot.

— Não, Pieter — ela disse, levantando o rosto na direção do alto da montanha. — Lá é sua casa. No Obersalzberg. É onde você mora agora. Não pense mais em Paris. Talvez demore muito tempo para vê-la outra vez.

Pierrot sentiu uma tristeza imensa crescendo dentro dele. O rosto de Maman apareceu na sua mente, os dois sentados lado a lado em frente à lareira, de noite, ela tricotando, ele lendo um livro ou desenhando. Pensou em D'Artagnan e em Madame Bronstein no andar de baixo. Quando pensou em Anshel, seus dedos fizeram os sinais da raposa e do cachorro.

Quero ir para casa, ele pensou, gesticulando de um jeito que somente Anshel entenderia.

— O que você está fazendo? — perguntou Beatrix.

— Nada — disse Pierrot, baixando as mãos e olhando pela janela.

Alguns minutos depois, chegaram à cidade de Berchtesgaden, e Ernst estacionou o carro em um lugar tranquilo.

— Você vai demorar? — ele perguntou, virando-se para trás e olhando para Beatrix.

— Talvez um pouco — ela disse. — Ele precisa de roupas e sapatos. Acho que um corte de cabelo também seria uma boa ideia, não acha? Precisamos dele um pouco menos francês e um pouco mais alemão.

— Sim, é uma boa ideia — disse o chofer, olhando para Pierrot por um momento e balançando a cabeça. — Quanto mais arrumado o menino ficar, melhor para todos nós. Afinal, ele ainda pode mudar de ideia.

— Quem pode mudar de ideia? — perguntou Pierrot.

— Duas horas? — disse tia Beatrix, ignorando a pergunta.

— Sim, ótimo.

— Que horas você...?

— Um pouco antes do meio-dia. A reunião deve durar mais ou menos uma hora.

— Que reunião? — perguntou Pierrot.

— Nenhuma — respondeu Ernst.

— Mas você acabou de dizer que...

— Pieter, silêncio — disse tia Beatrix, irritada. — Ninguém ensinou a você que é feio ouvir a conversa dos outros?

— Mas estou sentado bem aqui! — ele protestou. — Como *não* ouviria?

— Não tem problema — disse Ernst, olhando para o menino e sorrindo. — Você gostou de andar de carro?

— Gostei... — respondeu Pierrot.

— Gostaria de aprender a dirigir um dia?

— Sim — ele disse, balançando a cabeça. — Gosto de carros.

— Bom, se você se comportar, eu ensino. Como um favor. Em troca, você faria um favor para mim?

Pierrot se virou para a tia, mas ela estava em silêncio.

— Posso tentar — ele disse.

— Preciso que faça mais do que tentar — disse Ernst. — Preciso que prometa.

— Está bem, eu prometo — concordou Pierrot. — O que é?

— Seu amigo, Anshel Bronstein.

— O que tem ele? — perguntou Pierrot, franzindo as sobrancelhas.

— Ernst... — disse a tia, inclinando-se para a frente, ansiosa.

— Só um instante, Beatrix, por favor — disse o chofer, no tom mais sério que usou naquela manhã. — Nunca mencione o nome dele enquanto estiver no alto da montanha. Você me faz esse favor?

Pierrot encarou o homem como se tivesse enlouquecido.

— Por quê? — ele perguntou. — É meu melhor amigo. Eu o conheço desde que nasci. É quase meu irmão.

— Não — disse o chofer, seco. — Ele não é seu irmão. Não diga uma coisa dessas. Pense, se quiser. Mas nunca diga em voz alta.

— Ernst está certo — disse Beatrix. — É melhor você não falar nada sobre seu passado. Mantenha as memórias na cabeça, mas não fale sobre elas.

— E não fale sobre Anshel — insistiu Ernst.

— Não posso falar sobre meus amigos, não posso usar meu nome — disse Pierrot, frustrado. — Tem mais alguma coisa que não posso fazer?

— Não, é só isso — respondeu Ernst, sorrindo para ele. — Siga essas regras e um dia ensino você a dirigir.

— Está bem — disse Pierrot devagar, pensando que o chofer talvez não fosse muito equilibrado, o que era bem ruim para alguém que subia e descia uma estrada sinuosa várias vezes ao dia.

— Duas horas, então — disse Ernst enquanto os dois saíam do carro.

Pierrot se afastou e olhou de relance para trás, vendo o chofer tocar o braço de sua tia com afeto e os dois olharam nos olhos um do outro, não exatamente sorrindo, mas compartilhando um momento de apreensão.

A cidade estava movimentada e tia Beatrix cumprimentava alguns conhecidos enquanto caminhavam, apresentando o menino e contando que ia morar com ela. Havia muitos soldados. Quatro deles estavam sentados em um bar, fumando e bebendo, mesmo sendo de manhã.

Quando viram Beatrix se aproximar, jogaram os cigarros fora e endireitaram a postura. Um deles tentou colocar o capacete na frente do copo de cerveja, que era alto demais para ser escondido.

Ela fez questão de não olhar na direção deles ao passar, mas, mesmo assim, o menino ficou intrigado com a agitação que havia provocado.

— Você conhece aqueles soldados? — ele perguntou.

— Não — disse Beatrix. — Mas eles sabem quem sou. Estão preocupados que eu os delate por estar bebendo quando deveriam patrulhar. Quando o senhor de Berghof não está em casa, eles são menos dedicados. Pronto, chegamos. — Eles pararam diante de uma loja de roupas. — Essas parecem adequadas, não parecem?

As duas horas seguintes talvez tenham sido as mais tediosas da vida de Pierrot. Beatrix insistiu que ele experimentasse roupas alemãs — camisas brancas, *lederhosen*, suspensórios de couro marrom, meias até os joelhos —, depois eles foram a uma loja de sapatos, onde seus pés foram medidos e ele foi forçado a andar para cima e para baixo pela loja enquanto todo mundo olhava. Então voltaram à primeira loja, onde as roupas escolhidas tinham sido ajustadas, e ele teve de experimentar tudo outra vez, uma a uma, depois dar voltas enquanto sua tia e a vendedora diziam que estava lindo.

Pierrot se sentiu um idiota.

— Podemos ir agora? — ele perguntou enquanto Beatrix pagava a conta.

— Claro — ela disse. — Está com fome? Quer almoçar?

Ele não precisou nem pensar no assunto. Estava sempre com fome. Quando disse isso, Beatrix riu alto.

— Igualzinho ao seu pai — ela comentou.

— Posso perguntar uma coisa? — ele disse quando entraram em um café e pediram sopa e sanduíches.

— Pode.

— Por que você nunca foi nos visitar?

Beatrix ficou pensativa, mas respondeu depois que a comida chegou.

— Quando crianças, eu e seu pai não éramos muito próximos — ela disse. — Ele era mais velho, tínhamos pouco em comum. Ainda assim, quando foi para a guerra, senti uma saudade terrível, fiquei preocupada o tempo todo. Ele escrevia cartas, claro, e algumas faziam sentido, mas outras eram um tanto incoerentes. Como você sabe, ele ficou muito ferido...

— Não — disse Pierrot, espantado. — Eu não sabia.

— Ninguém contou? Certa noite, ele estava nas trincheiras quando um pelotão de soldados ingleses atacou.

Mataram quase todo mundo. De alguma maneira, seu pai conseguiu escapar, mesmo baleado no ombro. Teria morrido se a bala o tivesse atingido alguns centímetros para a esquerda. Ele se escondeu numa floresta próxima e viu quando os ingleses arrancaram um soldado bem novo do esconderijo onde estava. Era o único outro sobrevivente. Os soldados discutiram sobre o que fazer com ele até que um simplesmente atirou na cabeça do menino. Wilhelm conseguiu voltar a um agrupamento alemão, mas tinha perdido muito sangue e estava delirando. Fizeram um curativo e o mandaram para um hospital por algumas semanas. Ele podia ter ficado por lá, mas não quis. Insistiu para voltar à linha de frente quando melhorou.

Beatrix conferiu o entorno para garantir que não havia ninguém ouvindo e então baixou a voz a quase um sussurro.

— Acho que as feridas — ela continuou —, somadas ao que ele viu naquela noite, fizeram muito mal para sua cabeça. Depois da guerra, ele nunca mais foi o mesmo. Ficou raivoso, cheio de ódio por qualquer pessoa que considerasse responsável pela derrota da Alemanha. Nós nos desentendemos por causa disso. Eu detestava ver como ele tinha ficado radical e ele dizia que eu não sabia do que estava falando, pois não tinha visto nada do que acontecera.

Pierrot franziu a testa, tentando entender.

— Mas vocês não estavam do mesmo lado? — ele perguntou.

— Sim, de certa maneira — ela respondeu. — Mas, Pieter, não é uma conversa para agora. Talvez eu consiga explicar melhor quando você for mais velho e entender um pouco mais sobre o mundo. Agora precisamos comer rápido e voltar. Ernst está à nossa espera.

— Mas a reunião dele ainda não acabou.

Beatrix encarou o menino.

— Ele não teve reunião nenhuma, Pieter — ela disse, seu tom agora duro; foi a primeira vez que falou daquele jeito com ele. — Ernst está esperando no mesmo lugar onde nos deixou, e é onde estará quando voltarmos. Você me entendeu?

— Entendi — Pierrot fez que sim, um tanto assustado. Decidiu nunca mais tocar no assunto, apesar de não ter a menor dúvida do que tinha ouvido. E ninguém no mundo o convenceria do contrário.

7

O SOM DOS PESADELOS

Algumas semanas depois, numa manhã de sábado, Pierrot acordou com a casa em alvoroço. A chefe das criadas, Ute, trocava os lençóis das camas e abria as janelas de todos os quartos para arejar, enquanto Herta corria de lá para cá, o rosto mais vermelho do que nunca, varrendo e limpando o piso com um balde e um esfregão.

— Você vai precisar fazer seu café da manhã hoje, Pieter — disse Emma, a cozinheira, quando ele foi para a cozinha. Havia travessas por toda parte. O entregador de Berchtesgaden já devia ter visitado a casa, pois caixotes de frutas, verduras e legumes frescos estavam espalhados por todos os móveis. — Tenho tarefas demais e tempo de menos.

— Precisa de ajuda? — ele perguntou, pois era uma daquelas manhãs em que acordava se sentindo solitário e não suportaria a ideia de ficar à toa o dia inteiro.

— Preciso de *muita* ajuda — ela respondeu —, mas de um profissional experiente, não de um menino de sete anos. Talvez haja alguma coisa para você fazer mais tarde. Enquanto isso, tome. — Ela pegou uma maçã de uma das caixas e jogou para ele. — Coma isso lá fora, assim você espanta a fome por um tempo.

Ele voltou para o corredor, onde tia Beatrix lia algo numa prancheta, passando o dedo por uma lista e marcando com uma caneta o que já tinha sido feito.

— O que está acontecendo? — perguntou Pierrot. — Por que todo mundo está tão ocupado hoje?

— O senhor e a senhora chegarão em algumas horas — ela explicou. — Recebemos tarde da noite um telegrama de Munique que nos pegou desprevenidos. Acho que é melhor você ficar quietinho por enquanto. Já tomou banho?

— Ontem à noite.

— Ótimo. Bom, então por que não pega um livro e lê no jardim? Afinal, é uma linda manhã de primavera. Ah, aliás… — Ela levantou as folhas da prancheta e puxou um envelope, estendendo-o a Pierrot.

— O que é isso? — ele se espantou.

— É uma carta — ela disse, o tom de voz se tornando seco.

— Uma carta para mim?

— Sim.

Pierrot olhou para o envelope, incrédulo. Não conseguia pensar em quem poderia ter lhe enviado aquilo.

— É do seu amigo, Anshel — disse Beatrix.

— Como você sabe?

— Eu abri, claro.

Pierrot franziu as sobrancelhas.

— Você abriu minha carta?

— Ainda bem que abri — disse Beatrix. — Acredite, faço apenas o que é melhor para você.

Ele estendeu o braço para pegar a carta e, de fato, o envelope estava aberto e o conteúdo tinha sido examinado.

— Você precisa responder — continuou Beatrix. — Ainda hoje, de preferência. Diga a ele para nunca mais escrever.

Pierrot olhou para ela, chocado.

— Mas por que eu faria isso?

— Sei que deve soar estranho — ela respondeu —, mas a correspondência desse menino pode causar mais problemas do que você imagina. Para você e para mim. Não teria importância se o nome dele fosse Franz, Heinrich ou Martin. Mas Anshel? — Ela sacudiu a cabeça. — Uma carta de um judeu não seria bem-vista aqui.

Houve um grande desentendimento logo antes do meio-dia, quando Pierrot jogava bola no quintal. Beatrix saiu da casa e encontrou Ute e Herta sentadas num banco lá fora, fumando e fofocando enquanto o observavam.

— Vocês duas, sentadas aqui fora — a tia disse, brava —, enquanto os espelhos precisam ser polidos, a lareira da sala continua imunda e ninguém foi buscar os tapetes bons no sótão?

— Estamos só fazendo um intervalo — respondeu Herta, com um suspiro. — Não podemos trabalhar o tempo todo.

— E não trabalham! Emma disse que estão se bronzeando há meia hora.

— Emma é uma dedo-duro — respondeu Ute, cruzando os braços em postura desafiadora e olhando na direção das montanhas.

— Podemos contar algumas coisas sobre Emma — acrescentou Herta. — Por exemplo, para onde vão os ovos extras e por que as barras de chocolate continuam desaparecendo da despensa. Sem falar nas coisas que ela faz com Lothar, o leiteiro.

— Não estou interessada em fofocas — disse Beatrix. — Preciso garantir que tudo esteja pronto quando eles chegarem. Sinceramente, do jeito que vocês se comportam, às vezes parece que estou tomando conta de crianças.

— Ora, quem trouxe uma para a casa foi você, não nós — retrucou Herta.

Houve um longo silêncio enquanto Beatrix a encarou, furiosa. Pierrot se aproximou, intrigado para ver quem se sairia melhor naquela discussão.

— Vá para dentro — disse a tia ao vê-lo, e então apontou para a casa. — Você precisa arrumar seu quarto.

— Está bem — respondeu Pierrot, afastando-se em seguida, mas escondendo-se para ouvir o restante da conversa.

— O que você disse? — perguntou Beatrix, virando-se mais uma vez para Herta.

— Nada — a moça respondeu, baixando os olhos.

— Você tem alguma ideia do quanto aquele menino sofreu? — ela perguntou. — Primeiro, o pai vai embora e é atropelado por um trem. Então, a mãe morre de tuberculose e mandam o coitado para um orfanato. Ele causou um problema sequer desde que chegou? Não! Foi qualquer coisa além de amigável e educado, apesar de ainda estar em luto? Não! Herta, eu esperava um pouco mais de compaixão da sua parte. Sua vida também não foi nada fácil, foi? Você devia entender o que ele está passando.

— Desculpe — a moça murmurou.

— Não ouvi.

— Eu pedi desculpas — disse Herta, um pouco mais alto.

— Ela pediu desculpas — ecoou Ute.

Beatrix balançou a cabeça.

— Certo — ela disse, agora num tom um pouco mais conciliatório. — Então chega desse tipo de comentário maldoso. E chega de ociosidade. Vocês não gostariam que o senhor soubesse disso, gostariam?

Beatrix mal terminou a frase e as duas se levantaram, esmagando o cigarro sob o sapato e alisando o avental.

— Vou polir os espelhos — disse Herta.

— E eu limpo a lareira — disse Ute.

— Ótimo — disse Beatrix. — Eu mesma busco os tapetes. E se apressem. Eles vão chegar em breve e quero que tudo esteja perfeito.

Ela caminhou na direção da casa. Pierrot correu para dentro e pegou a vassoura no corredor para levar ao quarto.

— Pieter, querido — disse Beatrix —, por favor, seja um bom menino e traga o casaco de lã do meu guarda-roupa, sim?

— Está bem — ele respondeu, encostando a vassoura contra a parede antes de seguir para o fim do corredor.

O menino estivera no quarto da tia apenas uma vez, quando ela o levou para conhecer a casa na primeira semana. O aposento não tinha nada de especial, apenas as mesmas coisas que o dele — cama, guarda-roupa, cômoda, bacia e jarra. Mas era, de longe, o maior dos quartos dos criados.

Pierrot abriu o guarda-roupa e pegou o casaco. Antes de sair, reparou em algo que não tinha visto na primeira visita: havia na parede uma fotografia de sua mãe e seu pai, de braços dados, segurando um bebezinho envolto num cobertor. Émilie tinha um sorriso enorme, mas Wilhelm parecia abatido, e o bebê (o próprio Pierrot, claro) dormia. Havia uma data, um nome e um local no canto inferior direito: Matthias Reinhardt, Montmartre, 1929. Pierrot sabia exatamente onde ficava Montmartre. Ainda se lembrava dos degraus da Sacré-Coeur. Quando a visitaram, sua mãe contara que estivera ali em 1919, ainda menina, logo após o fim da Grande Guerra, para ver o cardeal Amette consagrar a igreja. Ela adorava passear pelos mercados de pulgas, observando os artistas nas ruas; às vezes, os três passavam a tarde toda apenas caminhando, comendo quando tinham fome, e então voltavam para casa. Tinham sido uma família feliz ali — quando Papa ainda não estava tão perturbado e antes de Maman ficar doente.

Ao sair do quarto, Pierrot procurou por Beatrix, mas ela não estava por perto; quando ele berrou seu nome, ela veio rápido da sala de estar.

— Pieter — a tia se exaltou —, não faça isso! Não pode haver correria nem gritaria neste lugar. O senhor não suporta barulho.

— Apesar de ele mesmo ser bem barulhento — disse Emma, saindo da cozinha enquanto enxugava as mãos num pano de prato. — Não tem o menor pudor de fazer escândalo, não é? Quando as coisas não estão do jeito que quer, grita como um louco.

A tia se virou e olhou para a cozinheira como se a mulher tivesse perdido a cabeça.

— Um dia desses, sua boca vai lhe causar muitos problemas — Beatrix disse.

— Você não está acima de mim — respondeu Emma, apontando o dedo para Beatrix. — Então não aja como se estivesse. Cozinheira e governanta estão no mesmo nível.

— Não estou mandando em você, Emma — disse Beatrix em um tom exausto, que sugeria se tratar de uma briga antiga. — Quero apenas que entenda como suas palavras podem ser perigosas. Pense o que quiser, mas não diga coisas assim em voz alta. Será que sou a única nesta casa com um mínimo de bom senso?

— Eu falo o que quiser — respondeu Emma. — Sempre falei e sempre vou falar.

— Fale desse jeito na frente dele e verá o que acontece com você.

Emma bufou, mas era óbvio, pela expressão em seu rosto, que não ousaria fazer aquilo. Pierrot começou a se preocupar com o dono da casa. Todo mundo parecia ter tanto medo dele; ainda assim, tinha sido bondoso o suficiente para permitir que fosse morar ali. Era tudo muito confuso.

— Onde está o menino? — perguntou Emma, olhando em volta.

— Estou bem aqui — disse Pierrot.

— Ah. Não tinha visto você. Nunca consigo encontrá-lo quando quero, você é pequeno demais. Não acha que é hora de crescer um pouco?

— Deixe-o em paz, Emma — disse Beatrix.

— Não estou falando por mal. Ele me lembra aqueles... — Ela bateu o dedo na testa, tentando recordar a palavra. — Quem eram os pequenininhos daquele livro?

— Que pequenininhos? — perguntou Beatrix. — Que livro?

— Você sabe! — insistiu Emma. — O fulano chega à ilha e é um gigante em comparação a eles, então eles o amarram e...

— Liliputianos — disse Pierrot, interrompendo a cozinheira. — De *As viagens de Gulliver*.

As duas olharam para ele, surpresas.

— Como você sabe? — perguntou Beatrix.

— Eu li — ele respondeu, dando de ombros. — Meu amigo Ansh... — ele se corrigiu. — Em Paris, o menino que morava no apartamento abaixo do meu tinha uma cópia. E havia uma na biblioteca do orfanato também.

— Pare de se exibir — disse Emma. — Escute, eu falei que talvez tivesse um trabalho para você mais tarde, e agora tenho. Só espero que não se impressione facilmente.

Pierrot olhou de relance para a tia, pensando que talvez fosse melhor ir com ela, mas Beatrix mandou que acompanhasse a cozinheira. Conforme passaram pela cozinha, ele inspirou o maravilhoso aroma das comidas sendo preparadas desde cedo — uma mistura de ovos, açúcar e todo tipo de frutas — e olhou cheio de vontade para a mesa, onde panos de prato cobriam as travessas, escondendo seus inúmeros tesouros.

— Pode tirar os olhos — disse Emma, apontando para ele. — Se eu voltar e descobrir alguma coisa faltando, vou saber quem é o culpado. Sei muito bem quantos são, Pieter, não se esqueça disso. — Eles saíram para o quintal e o menino observou o entorno. — Está vendo ali? — ela perguntou, apontando para o galinheiro.

— Sim — respondeu Pierrot.

— Dê uma olhada e escolha as duas mais gordinhas.

Pierrot foi ao galinheiro e observou os animais com atenção. Havia mais de uma dúzia amontoada; algumas estavam imóveis, outras se escondiam atrás das companheiras, outras ainda ciscavam.

— Aquela — disse Pierrot, indicando com a cabeça uma galinha sentada, parecendo desiludida com a vida. — E aquela — ele acrescentou, apontando para outra, que corria de lá para cá, agitada.

— Certo — disse Emma, empurrando-o para o lado com o cotovelo e estendendo os braços para abrir o galinheiro.

As galinhas começaram a cacarejar, mas ela foi rápida e puxou para fora as duas escolhidas por Pierrot, levantando enquanto as segurava pelas patas, uma em cada mão.

— Feche a portinhola — Emma disse, indicando o galinheiro com a cabeça.

Pierrot obedeceu.

— Agora vamos até ali. As outras não precisam ver o que vai acontecer.

Perguntando-se o que ela ia fazer, Pierrot saltitou para acompanhá-la. Aquilo era, de longe, a coisa mais interessante que tinha acontecido em dias. Talvez fossem usar as galinhas num jogo ou as colocariam para correr, a fim de descobrir qual era mais rápida.

— Segure esta — disse Emma, entregando a mais mansa para Pierrot, que a pegou com relutância e a segurou pelas patas, bem longe do corpo. A ave tentou virar a cabeça para vê-lo, mas o menino se contorceu, evitando que o bicasse.

— O que vai acontecer agora? — ele perguntou, observando Emma colocar a outra galinha deitada sobre um toco serrado de árvore e então segurar seu corpo com firmeza.

— Isso — ela disse, usando a outra mão para pegar uma machadinha.

A cozinheira baixou o braço em um movimento rápido

e eficiente, cortando com a machadinha a cabeça da galinha, que caiu no chão. O corpo decapitado escapou da mão da mulher e correu de um jeito frenético, então ficou mais lento e por fim desmoronou, morto.

Pierrot viu tudo, horrorizado, e sentiu o mundo girar. Tentando recuperar o equilíbrio, ele estendeu o braço para se apoiar no toco, mas sua mão encostou numa poça do sangue da galinha morta e ele gritou, caindo no chão e deixando escapar a galinha que segurava. Após testemunhar o destino inesperado da amiga, ela tomou a decisão de correr na direção do galinheiro o mais rápido que podia.

— Levante-se, Pieter — disse Emma, passando por ele. — Se o senhor vier para cá e encontrar você deitado desse jeito, vai comer seu fígado.

Havia agora uma cacofonia arrebatadora vinda do galinheiro conforme a ave perdida tentava entrar, em pânico. As outras galinhas olhavam para ela, grasnavam e gritavam, mas não havia nada que pudessem fazer. Emma a alcançou, pegando-a pelas patas e levando-a ao toco, onde, em questão de segundos, a ave teve o mesmo destino sangrento da outra. Incapaz de desviar os olhos, Pierrot sentiu o estômago revirar.

— Se você vomitar na galinha e estragar tudo — disse Emma, agitando a machadinha no ar —, será o próximo. Entendeu bem?

Pierrot se levantou, desequilibrado. Passou os olhos pela carnificina ao redor — as duas cabeças de galinha na grama, as manchas de sangue no avental de Emma — e correu de volta para a casa, batendo a porta atrás de si. Ao sair da cozinha e correr para o quarto, ouviu a risada de

Emma entre a barulheira das aves, até que tudo se fundiu numa coisa só, o som dos pesadelos.

Pierrot passou a maior parte da hora seguinte na cama, escrevendo para Anshel sobre o que acabara de testemunhar. Ele já tinha visto centenas de galinhas sem cabeça nas vitrines dos açougues de Paris, claro; às vezes, quando Maman tinha dinheiro, levava uma para casa e se sentava à mesa da cozinha para depená-la, explicando a Pierrot que, se não exagerassem, seria jantar para uma semana. Mas ele nunca tinha visto uma galinha ser morta.

Era óbvio que *alguém* precisava matá-las, ele pensou. Mas não gostava de crueldade. Sempre odiara qualquer forma de violência, e se afastava instintivamente de conflitos. Alguns meninos na escola de Paris começavam uma briga por qualquer provocação — e pareciam gostar daquilo. Quando dois deles levantavam os punhos e se enfrentavam, as outras crianças se juntavam em um círculo, encobrindo--os dos professores e torcendo para que continuassem. Pierrot nunca via; não entendia o prazer que certas pessoas tinham em machucar os outros.

E aquilo, ele escreveu para Anshel, se aplicava a galinhas também.

O menino não comentou muito do que Anshel lhe contara na carta — sobre como as ruas de Paris estavam cada vez mais perigosas para alguém como ele; sobre como as vitrines da confeitaria de Monsieur Goldblum tinham sido quebradas e "Juden!" fora pichado na porta; sobre como ele precisava sair da calçada caso um não judeu viesse pela rua na direção oposta. Pierrot ignorou tudo aquilo porque o perturbava pensar que seu amigo estava sendo ofendido e humilhado.

No fim da carta, Pierrot disse que eles deviam adotar um código especial para escrever um ao outro no futuro.

Não podemos permitir que nossa correspondência caia em mãos inimigas! Por isso, Anshel, não vamos mais usar nossos nomes no fim das cartas. Nunca mais! Em vez disso, podemos usar os que criamos quando morávamos em Paris. Você vai usar o sinal da raposa, e eu vou usar o do cachorro.

Quando Pierrot desceu, ficou o mais longe possível da cozinha, pois não queria saber o que Emma estava fazendo com as galinhas mortas. Viu sua tia escovando as almofadas dos sofás da sala, que tinha uma vista maravilhosa do Obersalzberg. Duas bandeiras estavam penduradas nas paredes — bem compridas, de um vermelho vivo, com um círculo branco no meio e a cruz com pontas dobradas em ângulos retos dentro —, impressionantes e assustadoras ao mesmo tempo. Ele continuou andando, quietinho; passou por Ute e Herta, que carregavam bandejas com copos vazios para os quartos principais, e então parou no fim do corredor, perguntando-se o que faria a seguir.

As duas portas à esquerda estavam fechadas, mas ele entrou na biblioteca e caminhou entre as estantes, passando os olhos pelos títulos dos livros. Ficou um tanto decepcionado, pois nenhum soava tão interessante quanto *Emil e os detetives*. Eram, na maioria, livros de história e biografias de gente morta. Em uma prateleira havia uma dúzia de cópias do mesmo livro, escrito pelo senhor em pessoa, e Pierrot folheou um deles, devolvendo-o ao lugar em seguida.

Por fim, sua atenção se voltou à mesa no centro do aposento — uma grande mesa retangular com um mapa estendido, cada canto mantido no lugar por pedras polidas. Ele olhou e reconheceu o continente europeu.

O menino se reclinou sobre o mapa, colocando o dedo indicador no centro da Europa. Encontrou Salzburgo com facilidade, mas foi incapaz de achar Berchtesgaden, a cidade ao pé da montanha. Correu o dedo na direção oeste, passando por Zurique e Basileia, e entrou na França, chegando a Paris. Sentiu imensa saudade de casa, de Maman e Papa; fechou os olhos e se imaginou deitado na grama do Campo de Marte, com Anshel ao lado e D'Artagnan correndo atrás de cheiros desconhecidos.

Ficou tão imerso no mapa que não ouviu o tumulto lá fora, o som do carro se aproximando pela estrada ou a voz de Ernst enquanto abria a porta para os passageiros. Tampouco ouviu os cumprimentos e as botas que marcharam pelo corredor na sua direção.

O menino se virou apenas quando percebeu que alguém o observava. Havia um homem na soleira da porta; não muito alto, vestido com um pesado sobretudo cinza e um chapéu militar sob o braço, um pequeno bigode acima do lábio. Ficou observando o menino enquanto tirava as luvas, bem devagar, estendendo cada dedo. O coração de Pierrot saltou; ele reconheceu o homem no mesmo instante, graças ao retrato em seu quarto.

O senhor de Berghof.

Pierrot se lembrou das instruções que tia Beatrix dera inúmeras vezes e tentou segui-las à risca. Endireitou a postura, juntou os pés e bateu os calcanhares uma vez, rápido e fazendo barulho. Estendeu o braço direito pouco acima da altura do ombro, os cinco dedos esticados. Por último, bradou, na voz mais clara e confiante que conseguiu, as duas palavras que ensaiara vez após vez desde sua chegada a Berghof.

— Heil Hitler!

PARTE 2

1937-41

8
O EMBRULHO DE PAPEL PARDO

Fazia quase um ano que Pierrot morava em Berghof quando o Führer lhe deu um presente.

Ele já tinha oito anos e apreciava a vida no alto do Obersalzberg, até mesmo a rígida rotina que era obrigado a seguir. Toda manhã, levantava-se às sete e saía para o depósito a fim de pegar um saco de ração para encher o comedouro das galinhas com uma mistura de grãos e sementes. Em seguida, ia para a cozinha, onde Emma preparava para ele uma tigela de frutas e cereal. Depois, tomava um rápido banho frio.

Ernst o levava à escola de Berchtesgaden cinco manhãs por semana e, como Pierrot era o aluno mais novo e ainda tinha um leve sotaque francês, algumas crianças tiravam sarro dele. Menos a menina que se sentava ao seu lado, Katarina.

— Não deixe que eles o intimidem, Pieter — ela disse uma vez. — Não há nada que eu deteste mais que valentões. Não passam de uns covardes. Você precisa se defender sempre que puder.

— Mas eles estão por toda parte — respondeu Pierrot,

contando a ela sobre o menino parisiense que o chamava de "Le Petit" e sobre como Hugo o tratava no orfanato das irmãs Durand.

— Quando for assim, é melhor rir — insistiu Katarina. — Deixar as palavras escorrerem, como água.

Pierrot esperou um momento antes de dizer o que realmente estava pensando.

— Você já pensou que talvez seja melhor *ser* um valentão do que sofrer por causa deles? — perguntou, hesitante. — Assim, pelo menos, não se machuca.

Katarina se virou para ele, incrédula.

— Não — ela respondeu com firmeza, sacudindo a cabeça. — Não, Pieter, nunca pensei isso. Nem por um segundo.

— Nem eu — ele disse no mesmo instante, desviando o rosto. — Nem eu.

Pierrot tinha os fins de tarde livres para correr o quanto quisesse pela montanha. O clima era quase sempre bom naquela altitude — sol, brisa, o aroma fresco dos pinheiros no ar — e, por isso, era raro o dia que ficava dentro de casa. O menino subia em árvores e explorava a floresta; aventurava-se para longe e então encontrava o caminho de volta usando como guia apenas os próprios rastros, o céu e seu conhecimento da região.

Não pensava em Maman tanto quanto antes, mas o pai aparecia em seus sonhos de vez em quando, sempre de uniforme e quase sempre com um rifle apoiado no ombro. Pierrot parou de responder com tanta frequência as cartas de Anshel, que agora assinava com o símbolo que o amigo sugerira — o sinal da raposa. Cada dia sem escrever uma resposta fazia Pierrot se sentir culpado por decepcionar o amigo. Por outro lado, quando lia as cartas de Anshel e ficava sabendo das coisas que aconteciam em Paris, não conseguia pensar em nada que pudesse dizer.

O Führer não costumava ficar no Obersalzberg, mas, sempre que estava prestes a chegar, havia uma agitação e muito trabalho a ser feito. Certa noite, Ute desapareceu sem se despedir e foi substituída por Wilhelmina, uma moça meio tonta que dava risadinhas sem parar e corria para outro aposento sempre que o senhor de Berghof se aproximava. Pierrot reparou que Hitler a observava de vez em quando. Emma, que era cozinheira da mansão desde 1924, julgava saber o motivo.

— Quando vim para cá pela primeira vez, Pieter — ela contou certa manhã, no desjejum, fechando a porta e mantendo a voz baixa —, esta casa não era chamada Berghof. Foi ele quem criou o nome. Antes, era conhecida como Haus Wachenfeld. Era a residência de veraneio de um casal de Hamburgo, os Winter. Quando Herr Winter morreu, a viúva começou a alugar para quem quisesse passar um feriado ou as férias aqui. Foi horrível para mim, porque toda vez que vinha alguém novo eu precisava descobrir o tipo de comida de que gostavam e como queriam que fosse preparada. Lembro quando Herr Hitler veio se hospedar aqui pela primeira vez, em 1928, com Angela e Geli…

— Quem? — perguntou Pierrot.

— A irmã e a sobrinha dele. Angela já ocupou o posto de sua tia. Eles vieram no verão daquele ano, e Herr Hitler, que não era o Führer na época, me informou que não comia carne. Eu nunca tinha ouvido nada como aquilo e achei bem esquisito. Com o tempo, aprendi a cozinhar os pratos de que ele gostava, e ele não impediu o resto de nós de comer o que quiséssemos, ainda bem.

Pierrot ouviu as galinhas cacarejarem no quintal, como se quisessem que o Führer tivesse imposto seus padrões de dieta a todos.

— Angela era uma mulher difícil — continuou Emma, sentando-se e olhando pela janela conforme sua mente voltava nove anos. — Os dois discutiam toda hora e parecia ser sempre sobre Geli, a filha dela.

— Ela tinha minha idade? — perguntou Pierrot, imaginando uma menina correndo pelo alto da montanha todos os dias, assim como ele. Aquilo o fez pensar que seria uma boa ideia convidar Katarina para visitá-lo algum dia.

— Não, era muito mais velha — respondeu Emma. — Tinha uns vinte anos, acho. Ela foi muito próxima dele por um tempo. Talvez próxima demais.

— O que você quer dizer?

Emma hesitou por um instante e balançou a cabeça.

— Deixe para lá — ela disse. — Eu não devia estar falando sobre essas coisas. Ainda mais com você.

— Por que não? — perguntou Pierrot, com mais interesse ainda. — Por favor, Emma. Prometo que não vou contar a ninguém.

A cozinheira suspirou e Pierrot percebeu que ela queria desesperadamente fofocar.

— Está bem — disse, enfim. — Mas se você espalhar uma única palavra do que estou prestes a contar...

— Não vou — ele respondeu rápido.

— Acontece, Pieter, que nessa época ele já era o líder do Partido Nacional-Socialista, que conquistava cada vez mais cadeiras no Reichstag. Ele estava formando um exército de apoiadores, e Geli gostava da atenção que dedicava a ela. Quer dizer, pelo menos até se cansar disso. Quanto mais Geli perdia o interesse nele, mais Herr Hitler a adorava, seguindo-a para todo canto. Então ela se apaixonou por Emil, o motorista do Führer na época, e houve muitos problemas por causa disso. O coitado do Emil foi demitido; na verdade, teve sorte de escapar com vida. Geli ficou inconsolável e Angela ficou furiosa, mas o irmão não a deixava em paz. Insistia que Geli o acompanhasse para cima e para baixo, e a pobrezinha ficou cada vez mais retraída e infeliz. Acho que o Führer presta tanta atenção em Wilhelmina porque ela lembra Geli. Os traços são muito parecidos. O rosto grande e redondo. Os mesmos olhos castanhos e as covinhas nas bochechas. O mesmo miolo mole. No dia em que ela chegou, Pieter, eu achei que estava vendo um fantasma, juro.

Pierrot ficou pensando em tudo aquilo enquanto Emma voltava a cozinhar. Depois de lavar a tigela e a colher e guardá-las, ele se virou para fazer uma última pergunta.

— Por que um fantasma? O que aconteceu com Geli?

Emma suspirou e sacudiu a cabeça.

— Ela foi para Munique — a cozinheira respondeu. — Ele a levou para lá e se recusava a deixá-la fazer qualquer coisa. Então, um dia, quando estava sozinha no apartamento na Prinzregentenplatz, Geli foi ao quarto dele, pegou uma arma na gaveta e atirou no próprio peito.

Eva Braun quase sempre acompanhava o Führer quando ele ia a Berghof, e Pierrot tinha recebido instruções claras para chamá-la de Fräulein. Era uma mulher alta, com vinte e poucos anos, cabelo loiro e olhos azuis, e sempre se vestia com elegância. Pierrot nunca a viu com a mesma roupa duas vezes.

— Pode se livrar de tudo isso — ela pediu certa vez a Beatrix, quando ia embora após um fim de semana no Obersalzberg, abrindo os guarda-roupas e passando a mão em todas as blusas e vestidos pendurados. — São da temporada passada. Os estilistas de Berlim prometeram enviar amostras das novas coleções direto para cá.

— Posso doar para os pobres? — perguntou Beatrix, mas Eva fez que não.

— Seria inapropriado qualquer mulher alemã, rica ou pobre, usar um vestido que tocou minha pele — ela disse. — Pode jogar tudo no incinerador lá atrás, com o lixo. São inúteis para mim. Queime tudo, Beatrix.

Eva não dedicava muita atenção a Pierrot (menos que o Führer, definitivamente), mas, vez ou outra, quando cruzava com ele no corredor, bagunçava seu cabelo ou fazia cócegas sob seu queixo, como se o menino fosse um cachorro, e dizia coisas como "Pieter, você é um doce" ou "meu anjinho", que sempre o constrangiam. Ele não gostava de ser tratado como criança e tinha certeza de que ela não sabia se ele era um criado, um inquilino indesejado ou apenas um bichinho de estimação.

Na tarde em que ganhou o presente de Hitler, Pierrot estava no jardim, não muito longe da casa, jogando um graveto para Blondi, a fêmea de pastor-alemão do Führer.

— Pieter! — chamou Beatrix, saindo e acenando para ele se aproximar. — Pieter, venha cá, por favor!

— Mas estou brincando! — ele berrou de volta, pegando o graveto que Blondi acabara de buscar e jogando outra vez.

— *Agora*, Pieter! — insistiu a tia, e o rapaz grunhiu ao

seguir em sua direção. — Você e essa cadela — ela disse. — Basta seguir os latidos para encontrar você.

— Blondi adora ficar aqui — respondeu Pierrot, sorrindo. — Acha que eu deveria pedir ao Führer que a deixasse morar aqui em vez de levá-la para Berlim com ele?

— Eu não pediria, se fosse você — disse Beatrix, sacudindo a cabeça. — Ele é muito apegado à cadela, como bem sabe.

— Mas Blondi adora a montanha. E, pelo que ouvi, ela fica presa em salas de reunião quando está no quartel-general do partido, nunca pode sair para brincar. Você viu como ela fica entusiasmada quando chega.

— Por favor, não peça isso a ele — disse Beatrix. — Ninguém pede favores ao Führer.

— Mas não é por mim! — insistiu Pierrot. — É por Blondi. O Führer não se importaria. Acho que se *eu* conversasse com ele…

— Vocês estão muito próximos, não é? — perguntou Beatrix, uma nota de ansiedade surgindo na voz.

— Eu e Blondi?

— Você e Herr Hitler.

— A senhora não deveria chamá-lo de Führer? — perguntou Pierrot.

— Claro que sim. Foi o que eu quis dizer. Mas é verdade, não é? Você passa bastante tempo com ele quando está aqui.

Pierrot pensou no assunto e arregalou os olhos quando se deu conta do motivo.

— Ele lembra Papa — explicou. — O jeito como fala sobre a Alemanha. Sobre seu destino e sobre seu passado. O orgulho que tem do povo. Era assim que Papa falava.

— Mas ele não é seu pai — disse Beatrix.

— Não — admitiu Pierrot. — Ele não passa a noite toda bebendo. Em vez disso, trabalha. Pelo bem dos outros. Pelo futuro da pátria.

Beatrix olhou para ele e sacudiu a cabeça antes de desviar o rosto e observar as montanhas. Pierrot imaginou que um vento gelado tinha passado de repente, pois ela se arrepiou e abraçou o próprio corpo.

— Precisa de mim para alguma coisa? — ele perguntou, louco para voltar a brincar com Blondi.

— Não — respondeu Beatrix. — Mas ele precisa.

— O Führer?

— Sim.

— Por que não disse logo? — protestou Pierrot, correndo na direção da casa, com medo de estar em apuros. — Sabe que não podemos deixá-lo esperando!

Ele seguiu rápido pelo corredor na direção do escritório do Führer, quase trombando com Eva, que saía de um dos aposentos laterais. Ela o agarrou pelos ombros, cravando as unhas em sua pele com tanta força que o menino se contorceu.

— Pieter — Eva disse, em tom seco. — Já pedi para não correr pela casa, não pedi?

— O Führer quer falar comigo — respondeu Pierrot, apressado, se esforçando para se livrar de suas mãos.

— Ele chamou você?

— Sim.

— Está bem — ela disse, olhando de relance para o relógio na parede. — Mas não demore. O jantar será servido em breve e quero mostrar uns discos novos para ele antes. Música sempre ajuda sua digestão.

Pierrot seguiu e bateu à grande porta de carvalho, esperando até que uma voz lá dentro o convidasse a entrar. Ele fechou a porta atrás de si e marchou direto para a escrivaninha, batendo os calcanhares um no outro, e fez a saudação com o braço que sempre o fazia se sentir tão importante, como tinha feito milhares de vezes ao longo dos últimos doze meses.

— Heil Hitler! — ele rugiu o mais alto que conseguiu.

— Ah, aí está você, Pieter — disse o Führer, tampando a caneta-tinteiro e dando a volta na escrivaninha para vê-lo. — Finalmente.

— Peço desculpas pela demora, meu Führer — respondeu Pierrot.

— O que o prendeu?

Pierrot hesitou um instante.

— Estava conversando com alguém lá fora, só isso.

— Alguém? Quem?

O menino abriu a boca, as palavras na ponta da língua, mas ficou inseguro. Não queria causar problemas para a tia. Por outro lado, a culpa tinha sido dela, pensou consigo mesmo, por não ter dado o recado mais rápido.

— Não importa — disse Hitler após um instante. — Agora você está aqui. Sente-se, por favor.

Pierrot se sentou na beira do sofá, a postura retíssima, e o Führer se sentou numa poltrona à sua frente. Um som de arranhar veio do outro lado da porta e Hitler olhou naquela direção.

— Pode deixá-la entrar — ele disse, e Pierrot se levantou num salto para abrir a porta. Blondi entrou trotando, olhando em volta em busca do dono e em seguida deitando-se a seus pés com um bocejo de exaustão. — Boa menina —

o Führer elogiou, estendendo a mão para acariciá-la. — Estavam se divertindo lá fora?

— Sim, meu Führer — respondeu o menino.

— O que estavam fazendo?

— Eu estava jogando o graveto para Blondi pegar, meu Führer.

— Você é ótimo com ela, Pieter. Acho que sou incapaz de treiná-la. Não consigo puni-la, esse é o problema. Meu coração é mole demais.

— Ela é muito inteligente, então não é difícil — disse Pierrot.

— Blondi é de uma raça inteligente — respondeu Hitler. — A mãe dela também era muito esperta. Você já teve um cachorro, Pieter?

— Sim, meu Führer — disse Pierrot. — D'Artagnan.

Hitler sorriu.

— Claro — ele disse. — Um dos três mosqueteiros de Dumas.

— Não, meu Führer.

— Não?

— Não, meu Führer — repetiu Pierrot. — Os três mosqueteiros eram Athos, Porthos e Aramis. D'Artagnan era só... Bom, era só amigo deles. Apesar de fazer a mesma coisa no livro.

Hitler sorriu.

— Como você sabe tudo isso? — ele perguntou.

— Minha mãe gostava muito desse livro — disse o menino. — Ela deu o nome quando ele era filhote.

— De que raça era?

— Não sei — respondeu Pierrot, franzindo as sobrancelhas. — Acho que um pouco de todas.

O rosto do Führer se contorceu numa expressão de nojo.

— Prefiro raças puras — ele disse. — Sabia que, uma vez — ele quase riu do absurdo da ideia —, um dos moradores de Berchtesgaden perguntou se eu permitiria que o vira-lata dele cruzasse com Blondi? Foi um pedido audacioso e repugnante. Eu jamais permitiria que um cão como Blondi manchasse sua linhagem se enroscando com uma criatura tão sem valor. Onde está seu cachorro agora?

Pierrot abriu a boca para contar a história de como D'Artagnan tinha ido viver com Madame Bronstein e Anshel após a morte de Maman, mas se lembrou dos avisos de Beatrix e Ernst sobre nunca mencionar o nome do amigo na presença do senhor de Berghof.

— Ele morreu — disse o menino, olhando para o chão e torcendo para que sua expressão fosse convincente. Detestava pensar que o Führer deixaria de confiar nele se o flagrasse mentindo.

— Adoro cachorros — continuou Hitler, sem oferecer nenhuma condolência. — Meu favorito foi um pequeno Jack Russell preto e branco que desertou do Exército inglês durante a guerra e foi para o lado alemão.

Pierrot olhou de relance para ele, com uma expressão de ceticismo; a ideia de um desertor canino lhe parecia improvável.

— Você acha que estou brincando, Pieter — o Führer sorriu e sacudiu o dedo —, mas garanto que não. Eu chamava meu pequeno Jack Russell de Fuchsl, raposinha. Era mascote dos ingleses. Eles gostavam de manter cachorros pequenos nas trincheiras, o que era muito cruel. Alguns eram usados como mensageiros. Outros eram detectores de bombardeios, porque eles conseguem ouvir o som de bombas se aproximando muito antes dos humanos. Salvaram muitas vidas dessa maneira. E também podem sentir cheiro de cloro ou gás mostarda e alertar os donos. De qualquer maneira, certa noite o pequeno Fuchsl decidiu sair correndo por aquela terra de ninguém. Isso deve ter sido... deixe-me pensar... em 1915, imagino. Ele conseguiu passar em segurança pelo fogo cruzado da artilharia antes de saltar como um acrobata para dentro da trincheira onde eu estava. Dá para acreditar? E, desde o momento em que caiu nos meus braços, não saiu do meu lado pelos dois anos seguintes. Foi mais fiel e confiável do que qualquer humano que já conheci.

Pierrot tentou imaginar o cachorro correndo, desviando de balas, as patas escorregando nos membros e órgãos arrancados de soldados dos dois exércitos. Ele ouvira histórias como aquela antes, vindas do pai, e aquilo o fez se sentir estranho.

— O que aconteceu com ele? — perguntou o menino.

O rosto do Führer ficou sombrio.

— Foi levado de mim em um repulsivo ato criminoso — respondeu Hitler, com a voz baixa. — Em agosto de 1917, em uma estação de trem nos arredores de Leipzig, um funcionário ferroviário me ofereceu duzentos marcos por Fuchsl, e eu disse que jamais o venderia, nem por mil vezes mais. Mas precisei usar o toalete antes do trem partir e, quando voltei ao meu assento, Fuchsl, minha raposinha, não estava mais lá. Tinha sido roubado.

O Führer respirou pesado, os lábios se contraindo, a voz mais alta revelando sua fúria. Fazia vinte anos, mas era óbvio que ele ainda tinha muita raiva daquilo.

— Você sabe o que eu faria se algum dia encontrasse o homem que roubou meu pequeno Fuchsl? — ele perguntou.

Pierrot negou com a cabeça e o Führer se inclinou para a frente, indicando que o menino fizesse o mesmo. Quando Pierrot obedeceu, ele fez uma concha com a mão e sussurrou em seu ouvido três frases, todas muito curtas e muito precisas. Ao terminar, Hitler voltou a se endireitar na poltrona e algo parecido com um sorriso surgiu em seu rosto. Pierrot também se endireitou, mas não disse nada. Baixou o rosto para observar Blondi, que abriu um dos olhos e olhou para cima sem mover nenhum músculo. Por mais que o menino gostasse da companhia do Führer, que sempre o fazia se sentir tão importante, naquele momento queria apenas estar do lado de fora com Blondi, jogando o graveto na floresta, correndo o mais rápido que pudesse. Pela diversão. Pelo graveto. Pela própria vida.

— Mas basta disso — disse o Führer, batendo três vezes de leve na lateral da poltrona para indicar que queria mudar de assunto. — Tenho um presente para você.

— Obrigado, meu Führer — respondeu Pierrot, surpreso.

— É algo que todo menino da sua idade devia ter. — Ele apontou para uma mesa perto da escrivaninha, sobre a qual havia um pacote de papel pardo. — Pegue aquilo para mim, Pieter, por favor.

Blondi levantou a cabeça ao ouvir a palavra "pegue" e o Führer riu, acariciando a cabeça dela e mandando-a continuar deitada. Pierrot foi até a mesa, pegou o pacote — o que quer que fosse, parecia macio — e carregou com cuidado, usando as duas mãos. Então estendeu o pacote a Hitler.

— Não, não — disse o homem. — Eu já sei o que tem dentro. É para você, Pieter. Abra. Acho que vai gostar.

Os dedos do menino começaram a desatar o barbante. Fazia muito tempo que ele não ganhava presentes. Ficou entusiasmado com aquele.

— É muita gentileza do senhor — ele disse.

— Apenas abra — respondeu o Führer.

Pierrot abriu o pacote e tirou o que havia dentro dele. Era uma bermuda preta, uma camisa marrom-clara, um par de sapatos, uma jaqueta azul-escura, um lenço preto e um quepe marrom. Um emblema com um relâmpago branco contra um fundo preto estava costurado na manga esquerda da camisa.

Pierrot observou tudo com uma mistura de ansiedade e desejo. Ele se lembrou dos rapazes do trem, que usavam roupas parecidas com aquela — de um estilo diferente, mas com a mesma autoridade. Ele se lembrou de como o tinham intimidado e como Rottenführer Kotler roubara seus sanduíches. Ficou na dúvida se aquele era o tipo de pessoa que queria ser. Por outro lado, aqueles garotos não tinham medo de nada e faziam parte de um grupo — assim como os mosqueteiros, pensou Pierrot. Ele gostava da ideia de não temer. E de fazer parte de algo maior.

— Essas roupas são muito especiais — disse o Führer. — Você já ouviu falar na Juventude Hitlerista, não é?

— Sim, meu Führer — respondeu Pierrot. — Quando vim de trem para Obersalzberg, conheci alguns membros no vagão.

— Então você sabe um pouco sobre eles — disse Hitler. — O Partido Nacional-Socialista caminha a passos largos. É meu destino liderar a Alemanha a grandes feitos. Isso virá com o tempo, eu garanto. E nunca é cedo demais para se juntar à causa. Sempre me impressiono com a fidelidade dos meninos da sua idade, ou um pouco mais velhos, às nossas políticas e à nossa determinação de corrigir os erros do passado. Imagino que você saiba do que estou falando.

— Sei um pouco — disse Pierrot. — Meu pai costumava falar sobre essas coisas.

— Ótimo — respondeu o Führer. — Encorajamos nossos jovens a se juntar ao partido o quanto antes. Começamos com a Juventude Alemã. Na verdade, você é novo demais, mas vou abrir uma exceção. Quando estiver mais velho, vai se tornar membro da Juventude Hitlerista. Há também uma divisão para meninas, a Liga das Moças Alemãs, pois não devemos subestimar a importância das mulheres que darão à luz nossos futuros líderes. Vista seu uniforme, Pieter. Deixe-me ver como fica com ele.

Pierrot piscou algumas vezes e olhou para as próprias roupas.

— Agora, meu Führer?

— Sim, por que não? Vá para seu quarto e se troque. Volte quando estiver pronto.

Pierrot subiu ao quarto, onde tirou os sapatos, a calça, a camisa e o casaco. O uniforme serviu perfeitamente. Ele calçou os sapatos e bateu os calcanhares um no outro, fazendo um som muito mais impressionante do que antes.

Havia um espelho na parede e, quando ele se virou para ver o próprio reflexo, toda e qualquer ansiedade sumiu no mesmo instante. Nunca tinha se sentido tão orgulhoso em toda a sua vida. Pensou em Kurt Kotler outra vez e se deu conta de como seria maravilhoso ter toda aquela autoridade; ser capaz de pegar o que quisesse, quando quisesse e de quem quisesse, em vez de ser sempre aquele de quem os outros arrancavam as coisas.

Quando voltou ao escritório do Führer, Pierrot estava com um grande sorriso no rosto.

— Obrigado, meu Führer — ele disse.

— De nada — respondeu Hitler. — Mas lembre que os meninos que usam esse uniforme devem obedecer às nossas regras e ter como único objetivo de vida o avanço do partido e do país. É por isso que estamos aqui, todos nós. Para fazer a Alemanha ser grande outra vez. E, agora, mais uma coisa. — Ele foi para a escrivaninha e mexeu em uns papéis até encontrar um cartão. — Fique ali — o Führer disse, apontando para o longo estandarte nazista pendurado na parede, um tecido vermelho com um círculo branco ao centro e a onipresente cruz com as pontas dobradas em ângulos retos dentro. — Pegue isto e leia em voz alta.

Pierrot ficou no lugar indicado e primeiro leu as palavras para si mesmo, bem devagar; então olhou para o Führer, nervoso. Sentiu algo estranho dentro de si. Queria dizer as palavras em voz alta, mas, ao menos tempo, não queria.

— Pieter — chamou Hitler, baixinho.

Pierrot pigarreou, endireitou a postura e estufou o peito.

— "Na presença desta bandeira de sangue que representa nosso Führer" — ele disse — "juro devotar toda a minha energia e toda a minha força ao salvador de nosso país, Adolf Hitler. Estou disposto a sacrificar minha vida por ele, que Deus seja minha testemunha."

O Führer sorriu, balançou a cabeça e pegou o cartão de volta; Pierrot torceu para ele não reparar como suas pequenas mãos tremiam.

— Muito bem, Pieter — disse Hitler. — De agora em diante, não quero ver você usando nada além desse uniforme, ouviu? Outros três conjuntos foram colocados no seu guarda-roupa.

Pierrot concordou com a cabeça e fez a saudação outra vez antes de sair do escritório e seguir pelo corredor, sentindo-se mais autoconfiante e adulto agora que usava um uniforme. Era membro da Juventude Alemã, disse a si mesmo. E não um membro qualquer. Um membro importante. Afinal, quantos outros meninos tinham ganhado um uniforme de Adolf Hitler em pessoa?

Papa teria tanto orgulho de mim, Pierrot pensou.

Ao virar no corredor, o menino viu Beatrix e o chofer, Ernst, juntos, conversando baixinho. Ele entreouviu um pouco da conversa.

— Ainda não — dizia Ernst. — Mas em breve. Se as coisas saírem do controle, prometo tomar uma atitude.

— E você já sabe o que vai fazer? — perguntou Beatrix.

— Sim — ele respondeu. — Conversei com…

O chofer parou de falar no instante em que viu o menino.

— Pieter — ele disse.

— Olhem para mim! — disse Pierrot, abrindo bem os braços.

Beatrix não disse nada por um momento, mas por fim forçou um sorriso.

— Você está lindo — ela disse. — Um verdadeiro patriota. Um verdadeiro alemão.

Pierrot sorriu e se virou para Ernst, que não sorria.

— E eu aqui, achando que você era francês — ele disse, dando um toque no chapéu na direção de Beatrix e então saindo pela porta da frente e desaparecendo no reluzente sol da tarde, uma sombra se dissolvendo na paisagem branca e verde.

9

UM SAPATEIRO, UM SOLDADO E UM REI

O aniversário de oito anos de Pierrot chegou e passou. Nesse meio-tempo, o Führer se afeiçoou ainda mais ao menino. Demonstrava interesse pelo que ele lia e garantiu acesso irrestrito à biblioteca, recomendando autores e livros que o tinham impressionado. Presenteou Pierrot com a biografia de um rei prussiano do século XVIII, Frederico, o Grande, escrita por Thomas Carlyle, uma edição tão enorme e com uma letra tão pequena que Pierrot duvidou ser capaz de passar do primeiro capítulo.

— Um grande guerreiro — explicou Hitler, tocando a capa do livro. — Um visionário global. E defensor das artes. É a jornada perfeita: lutar para alcançar nossos objetivos, purificar o mundo e então torná-lo belo outra vez.

Pierrot leu até o livro escrito pelo próprio Führer, *Mein Kampf*, que foi um pouco mais fácil de entender do que o de Carlyle, mas ainda assim lhe pareceu confuso. O que mais despertou seu interesse foram os trechos relacionados à Grande Guerra, pois fora nela que seu pai sofrera tanto. Certa tarde, passeando com Blondi pela floresta próxima à casa na montanha, ele perguntou ao Führer sobre a época em que era soldado.

— Comecei como mensageiro na Frente Ocidental — ele explicou —, transitando entre os batalhões nas fronteiras francesa e belga. Depois, lutei nas trincheiras em Ypres, no Somme e em Passchendaele. Perto do fim da guerra, quase fiquei cego por causa do gás mostarda. Às vezes, penso que teria sido melhor perder a visão do que testemunhar as indignidades que o povo alemão sofreu após se render.

— Meu pai lutou no Somme — disse Pierrot. — Minha mãe falava sempre que, apesar de ele não ter morrido na guerra, foi a guerra que o matou.

O Führer menosprezou o comentário com um gesto da mão.

— Parece que sua mãe era uma pessoa ignorante — ele disse. — Todos deveriam ter orgulho de morrer pela glória da pátria, Pieter. Você deve honrar a memória de seu pai.

— Mas, quando ele voltou, estava muito mal — respondeu Pieter. — E fez coisas terríveis.

— Por exemplo?

Pierrot não gostava de se lembrar do que o pai tinha feito, por isso manteve os olhos no chão enquanto recontou baixinho alguns dos piores momentos. O Führer ouviu sem mudar de expressão. Quando o menino terminou, ele apenas sacudiu a cabeça, como se nada daquilo tivesse importância.

— Vamos recuperar o que é nosso — ele disse. — Nossa terra, nossa dignidade, nosso destino. O sofrimento do povo alemão e nossa vitória final serão parte da história que definirá nossa geração.

Pierrot concordou com a cabeça. Ele tinha parado de

pensar em si mesmo como francês; agora finalmente mais alto e com os dois novos uniformes da Juventude Alemã que ganhara para acomodar os braços e as pernas mais compridos, começara a se identificar como alemão. Afinal, como o Führer tinha dito, um dia toda a Europa pertenceria à Alemanha e identidades nacionais não teriam mais relevância.

— Seremos um — ele disse. — Unidos sob a mesma bandeira. — Então ele apontou para a suástica na faixa que usava no braço. — *Esta* bandeira.

Naquela visita, Hitler deu a Pierrot mais um livro de sua biblioteca particular antes de partir para Berlim. O menino leu o título em voz alta, com atenção:

— *O judeu internacional* — ele disse, entoando cada sílaba com cuidado. — *O principal problema do mundo*, de Henry Ford.

— Um norte-americano, infelizmente — explicou Hitler. — Mas ele entende a natureza dos judeus, a avareza deles, sua preocupação exclusiva com o acúmulo de riqueza pessoal. Na minha opinião, esse sr. Ford devia parar de fazer carros e se candidatar à presidência. É um homem com quem a Alemanha conseguiria dialogar. Com quem *eu* conseguiria dialogar.

Pierrot aceitou o livro e tentou não pensar que Anshel, sem nenhuma das características que o Führer descrevera, era judeu. Deixou o livro na gaveta do armário perto da cama e voltou para *Emil e os detetives*, que sempre o fazia lembrar de casa.

Alguns meses depois, conforme o frio do outono começou a se instalar nas montanhas e colinas do Obersalzberg, Ernst desceu a montanha para Salzburgo a fim de buscar

Fräulein Braun, que foi a Berghof preparar tudo para a chegada de convidados distintos. Emma recebeu uma lista com seus pratos favoritos e sacudiu a cabeça, incrédula.

— Puxa, eles não são nada exigentes, não é? — ela comentou, com sarcasmo.

— Estão acostumados com padrões elevados — respondeu Eva, já ansiosa com a quantidade de preparos que precisavam ser feitos. Ela andava para cima e para baixo estalando os dedos para todo mundo, insistindo que trabalhassem mais rápido. — O Führer disse que devem ser tratados como... bom, como a realeza.

— Achei que nosso interesse pela realeza tinha terminado com o Kaiser Guilherme — murmurou Emma consigo mesma antes de se sentar para redigir a lista de ingredientes que precisaria encomendar das fazendas próximas.

— Ainda bem que vim para a escola hoje — Pierrot comentou com Katarina naquela manhã, no intervalo entre as aulas. — Todo mundo está tão ocupado lá em casa. Herta e Ange...

— Quem é Ange? — perguntou Katarina, que ouvia do amigo um relatório diário dos acontecimentos de Berghof.

— A nova criada — explicou Pierrot.

— Outra criada? — ela perguntou, sacudindo a cabeça. — De quantas ele precisa?

Pierrot franziu as sobrancelhas. Gostava muito de Katarina, mas não aprovava seu escárnio ocasional ao Führer.

— É uma substituta — ele disse. — Fräulein Braun se livrou de Wilhelmina.

— Então de quem o Führer corre atrás agora?

— A casa estava a maior confusão hoje cedo — Pierrot

continuou, ignorando o comentário. Ele lamentava ter contado a Katarina a história da sobrinha de Hitler e a teoria de Emma de que a criada o fazia lembrar dela. — Todo livro está sendo tirado da estante e espanado; toda lâmpada, desatarraxada e polida; todo lençol, lavado e passado até parecer novinho outra vez.

— Tanto trabalho por gente tão besta — disse Katarina.

O Führer chegou uma noite antes dos convidados e fez uma inspeção minuciosa pela residência, parabenizando a todos pelo trabalho realizado, o que foi um alívio para Eva.

Na manhã seguinte, Beatrix chamou Pierrot ao seu quarto para verificar se seu uniforme da Juventude Alemã estava à altura dos padrões do senhor de Berghof.

— Perfeito — ela comentou, olhando-o de cima a baixo com aprovação. — Você está ficando tão alto que achei que as roupas já estariam curtas.

Alguém bateu à porta e Ange pôs a cabeça para dentro do quarto.

— Com licença, senhora, mas…

Pierrot se virou e estalou os dedos para ela de um jeito seco, como tinha visto Eva fazer, então apontou para o corredor.

— Saia — ele disse. — Estou conversando com minha tia.

O queixo de Ange caiu e ela olhou para ele por um instante, estupefata, antes de dar um passo para trás e fechar a porta sem fazer barulho.

— Não precisa falar com ela dessa maneira, Pieter — disse tia Beatrix, que também ficara espantada.

— Por que não? — perguntou o menino. Ele mesmo

estava um tanto surpreso por ter agido de maneira tão autoritária, mas gostava da sensação de importância que isso lhe dava. — Estávamos conversando. Ela interrompeu.

— Mas é grosseiro.

— É só uma criada — disse Pierrot, sacudindo a cabeça, sem dar importância à questão. — E eu sou um membro da Juventude Alemã. Veja meu uniforme, tia Beatrix! Mereço o mesmo respeito que qualquer soldado ou oficial.

Beatrix se levantou e foi à janela, observando as montanhas e as nuvens brancas que passavam acima delas. Colocou as mãos no batente, como se tentasse se controlar e impedir que a fúria tomasse conta dela.

— Talvez você não devesse passar tanto tempo com o Führer — ela disse, enfim, virando-se para o sobrinho.

— Por que não?

— Ele é um homem muito ocupado.

— Um homem muito ocupado que enxerga grande potencial em mim — disse Pierrot, orgulhoso. — Além disso, conversamos sobre coisas interessantes. E ele me escuta.

— *Eu* escuto você, Pieter — respondeu tia Beatrix.

— Mas é diferente.

— Por quê?

— Você é apenas uma mulher. Necessária para o Reich, claro, mas é melhor deixar os assuntos sérios da Alemanha para os homens, como eu e o Führer.

Beatrix se permitiu um sorriso amargo ao dizer:

— Isso foi algo que você decidiu sozinho, é?

— Não — respondeu Pierrot, sacudindo a cabeça com hesitação, pois, agora que ouvira as palavras em voz alta, aquilo não soava correto; afinal, Maman era mulher e sempre soubera o que era melhor para ele. — Foi o Führer que disse.

— E agora você é um homem? — ela perguntou. — Com apenas oito anos?

— Farei nove daqui a poucas semanas — ele disse, endireitando a postura. — E você mesma disse que estou ficando cada vez mais alto.

Beatrix se sentou na cama e tocou o acolchoado, convidando-o a se sentar ao seu lado.

— Sobre o que o Führer conversa com você? — ela perguntou.

— É meio complicado — ele respondeu. — Tem a ver com história e política, e o Führer disse que o cérebro feminino...

— Tente explicar. Vou me esforçar para entender.

— Conversamos sobre como nós fomos roubados — ele disse.

— *Nós*? Quem? Eu e você? Você e ele?

— Todos nós. O povo alemão.

— Claro. Agora você é alemão. Eu tinha esquecido.

— O direito do meu pai é meu também — respondeu Pierrot, defensivo.

— E o que roubaram de nós, exatamente?

— Nossa terra. Nosso orgulho. Os judeus roubaram de nós. Eles estão dominando o mundo, sabia? Depois da Grande Guerra...

— Mas, Pieter — ela disse —, lembre-se de que nós perdemos.

— Por favor, não me interrompa quando eu estiver falando, tia Beatrix — suspirou Pierrot. — É falta de respeito da sua parte. Claro que eu lembro que perdemos, mas você precisa reconhecer que sofremos indignidades depois disso.

Os Aliados não ficaram satisfeitos apenas com a vitória. Eles fizeram questão de ter o povo alemão aos seus pés. E nosso país estava cheio de covardes, que cederam fácil demais aos inimigos. Mas não vamos cometer esse erro outra vez.

— E seu pai? — perguntou Beatrix, olhando bem em seus olhos. — Ele foi um desses covardes?

— Do pior tipo. Permitiu que a fraqueza destruísse seu espírito. Mas não sou como ele. Sou forte. Vou restaurar a honra da família Fischer. — Ele parou e olhou para a tia. — O que foi? Por que está chorando?

— Não estou chorando.

— Está, sim.

— Ah, não sei, Pieter — ela respondeu, desviando o rosto. — Estou cansada, só isso. Os preparativos para a chegada dos convidados foram exaustivos. E, às vezes, penso que... — Ela hesitou, como se receasse terminar a frase.

— Pensa que...?

— Que cometi um erro terrível ao trazer você para cá. Achei que estava fazendo a coisa certa. Pensei que, mantendo você perto de mim, poderia protegê-lo. Mas a cada dia que passa...

Outra batida à porta; quando ela foi aberta, Pierrot se virou, bravo. Dessa vez, não estalou os dedos, pois quem estava ali era Fräulein Braun em pessoa. Ele se levantou da cama e ficou de prontidão, enquanto tia Beatrix permaneceu onde estava.

— Eles chegaram — disse Fräulein Braun, entusiasmada.

— Como devo chamá-los? — sussurrou Pierrot, tomado por agitação e temor ao assumir seu lugar na fileira de boas-vindas, ao lado da tia.

— Vossa Alteza — ela disse. — Tanto para o duque quanto para a duquesa. Mas não fale nada se eles não falarem com você primeiro.

Logo em seguida, um carro fez a última curva da estrada; quase ao mesmo tempo, o Führer surgiu atrás de Pierrot e toda a equipe ficou rígida, olhando para a frente. Ernst encostou, desligou o motor e saiu sem demora para abrir a porta para os passageiros.

De dentro do veículo saiu um homem baixo, vestido com um terno um pouco apertado e segurando um chapéu com as duas mãos. Ele olhou em volta com uma expressão de incerteza e desapontamento por não haver uma recepção mais ostensiva à sua espera.

— É costumeiro haver uma banda ou algo do tipo — ele murmurou, mais para si mesmo do que para outra pessoa, e então fez uma saudação nazista bem ensaiada, o braço se lançando orgulhoso no ar, como se tivesse esperado muito tempo por aquela oportunidade. — Herr Hitler — disse, com voz refinada, ao mudar do inglês para o alemão sem o menor esforço. — É um prazer conhecê-lo finalmente.

— Vossa Alteza — respondeu o Führer, sorrindo. — Seu alemão é excelente.

— Sim — ele murmurou, mexendo na faixa do chapéu. — Família, o senhor sabe... — ele divagou, parecendo não saber como terminar a frase.

— David, não vai me apresentar? — perguntou a mulher atrás dele, que acabara de sair do carro. Ela estava vestida de preto da cabeça aos pés, como se fosse a um enterro. Seu denso sotaque norte-americano ficou evidente quando reverteu a conversa para o inglês.

— Ah, sim, claro. Herr Hitler, tenho o prazer de apresentar Vossa Alteza, a duquesa de Windsor.

Ela se disse encantada, assim como o Führer, que também elogiou seu alemão.

— Não é tão bom quanto o do duque — ela respondeu, sorrindo. — Mas eu me viro.

Eva deu um passo adiante para ser apresentada, mantendo a postura ereta quando deram as mãos, parecendo ansiosa para deixar claro que não estava oferecendo nada parecido com uma reverência. Os dois casais conversaram sobre trivialidades por um instante, o clima, a vista de Berghof e a jornada montanha acima.

— Em alguns momentos, parecia que íamos despencar da ribanceira — comentou o duque. — Ainda bem que não temos vertigem, não é mesmo?

— Ernst jamais permitiria que algo de ruim acontecesse com nossos convidados — respondeu o Führer, olhando de relance para o chofer. — Ele sabe como Vossas Altezas são importantes para nós.

— Hum? — perguntou o duque, como se só agora tivesse percebido que estava no meio de uma conversa. — O que disse?

— Vamos entrar — disse o Führer. — Os senhores gostam de chá, não é mesmo?

— Prefiro um pouco de uísque, se tiver — respondeu o duque. — É a altitude, sabe? Acaba com a gente. Wallis, você vem?

— Sim, David. Eu estava apenas admirando a casa. É linda, não?

— Eu e minha irmã encontramos esta casa em 1928 — explicou Hitler. — Ficamos aqui durante as férias e gostei tanto que comprei assim que pude. Venho para cá sempre que posso.

— É importante para homens na nossa posição ter um lugar privado para onde ir — comentou o duque, agora ajustando os punhos da camisa. — Um lugar em que o mundo nos deixe em paz.

— Homens na nossa posição? — perguntou o Führer, levantando uma sobrancelha.

— Homens importantes — disse o duque. — Eu mesmo tive um lugar assim na Inglaterra, sabia? Quando era príncipe de Gales. Fort Belvedere. Um refúgio estupendo. Demos festas extraordinárias na época, não foi, Wallis? Tentei me trancar lá dentro e jogar a chave fora, mas, de alguma maneira, o primeiro-ministro sempre conseguia entrar.

— Talvez possamos encontrar um jeito de o senhor retribuir o favor — respondeu o Führer, com um sorriso largo. — Venha, seu drinque o aguarda.

— Quem é este homenzinho? — perguntou a duquesa ao passar por Pierrot. — Ah, ele está lindo com essas roupas, não acha, David? É como um brinquedinho nazista. Quero levá-lo para casa comigo e colocá-lo na prateleira em cima da lareira. Qual é seu nome, tesouro?

Pierrot olhou para o Führer, que balançou a cabeça.

— Pieter, Vossa Alteza.

— É sobrinho da nossa governanta — explicou Hitler. — O coitado ficou órfão, por isso concordei que viesse morar aqui.

— Viu só, David? — disse Wallis, virando-se para o marido. — É o que eu chamo de caridade cristã, na forma mais pura. É isso que as pessoas não entendem sobre você, Adolf. Posso chamá-lo assim? E você pode me chamar de

Wallis. O que as pessoas não enxergam é que, sob esse uniforme e blá-blá-blá militar, estão o coração e a alma de um verdadeiro cavalheiro. E quanto a você, Ernie — ela disse, voltando-se ao chofer e apontando o dedo —, espero que agora entenda...

— Meu Führer — disse Beatrix, dando um passo rápido à frente, a voz surpreendentemente alta conforme ela interrompeu a duquesa. — Gostaria que eu preparasse bebidas para seus convidados?

Hitler olhou para ela, surpreso, mas, ainda lisonjeado com o que a duquesa dizia, apenas balançou a cabeça.

— Claro — ele disse. — Vamos entrar. Está esfriando aqui fora.

— Sim, alguém mencionou uísque, não foi? — disse o duque, marchando para dentro. Quando o anfitrião e os criados o seguiram, Pierrot olhou para trás e se surpreendeu ao ver Ernst apoiado no carro, o rosto muito pálido.

— Você ficou branco — disse o menino. Então ele imitou o sotaque do duque: — É a altitude, sabe? Acaba com a gente.

No fim da tarde, Emma deu a Pierrot uma bandeja de petiscos e pediu que ele levasse ao escritório, onde o Führer e o duque conversavam sobre assuntos muito sérios.

— Pieter — disse o Führer quando ele entrou, tocando a mesa entre as duas poltronas. — Pode colocar aqui.

— Os senhores desejam mais alguma coisa, meu Führer? Vossa Alteza? — ele perguntou, mas estava tão ansioso que se dirigiu a cada um usando o título do outro, o que fez ambos rirem.

— Seria bastante inusitado, não seria? — comentou o duque. — Se eu viesse aqui liderar a Alemanha?

— Ou se eu dominasse a Inglaterra — completou o Führer.

Com essas palavras, o sorriso do duque diminuiu um pouco e ele mexeu na aliança com movimentos nervosos, tirando-a e colocando-a de volta.

— Você tem sempre um menino nessa função, Herr Hitler? — ele perguntou. — Não tem um criado pessoal?

— Não — disse o Führer. — Preciso de um?

— Todo cavalheiro precisa. Ou, no mínimo, um no canto do aposento, caso você necessite de alguma coisa.

Hitler pensou por um momento e sacudiu a cabeça, como se não conseguisse entender muito bem os protocolos que o outro homem respeitava.

— Pieter — ele disse, apontando para o canto —, fique ali no canto. Você será um criado honorário durante a estada do duque.

— Sim, meu Führer — respondeu Pierrot, com orgulho, indo a um lugar perto da porta e se esforçando ao máximo para respirar sem fazer barulho.

— Você tem sido um ótimo anfitrião — comentou o duque, acendendo um cigarro. — Fomos recebidos com imensa generosidade de espírito em todo canto. Estamos muitíssimo satisfeitos. — Ele se inclinou para a frente. — Wallis está certa. Também acho que, se o povo inglês o conhecesse um pouquinho melhor, veria o sujeito bom e correto que você é. Temos muito em comum, sabia?

— É mesmo?

— Sim. Compartilhamos o mesmo senso de propósito e a mesma fé no destino do nosso povo.

O Führer não disse nada, mas se inclinou para a frente a fim de servir mais um drinque para o convidado.

— A meu ver — continuou o duque —, nossos países têm muito mais a ganhar trabalhando juntos do que separados. Não uma aliança formal, claro; talvez algo mais *entente cordiale*, como temos com os franceses, apesar de, no caso deles, é melhor não confiar demais nisso. Ninguém quer uma repetição da loucura de vinte anos atrás. Inúmeros jovens inocentes perderam a vida naquele conflito. Em ambos os lados.

— Sim — respondeu o Führer, baixinho. — Eu lutei na guerra.

— Assim como eu.

— É mesmo?

— Bom, não nas trincheiras, claro. Eu era herdeiro do trono na época. Tinha um cargo importante. Ainda tenho.

— Mas não o cargo para o qual você nasceu — disse o Führer. — Apesar de que isso pode mudar, imagino. Com o tempo.

O duque olhou em volta, como se estivesse preocupado com espiões escondidos atrás das cortinas. Seus olhos não se direcionaram a Pierrot nenhuma vez; o menino poderia ser uma estátua, pelo interesse que ele demonstrou por sua presença.

— Você sabe que o governo britânico não queria que eu viesse para cá — o duque disse, em tom de confidência. — E Bertie, meu irmão, concorda. Houve uma tremenda confusão. Baldwin, Churchill, todos sacudindo os punhos.

— Mas por que você dá ouvidos a eles? — perguntou Hitler. — Não é mais o rei. É um homem livre. Pode fazer o que bem entender.

— Nunca serei livre — disse o duque, em tom de luto. — E, de qualquer forma, existe a questão dos recursos, se é que você me entende. Não é tão simples deixar tudo para trás e arranjar um emprego.

— E por que não?

— O que você me vê fazendo? Trabalhando na seção de roupas masculinas da Harrods? Abrindo um armarinho? Expondo-me como um lacaio, como nosso jovem amigo ali? — ele riu ao apontar para Pierrot.

— São todos trabalhos honestos — disse o Führer, baixinho. — Mas talvez abaixo do seu status. É possível que haja outras… possibilidades.

O duque fez "não" com a cabeça, negando a questão por completo, e Hitler sorriu.

— Você se arrepende da sua decisão de abdicar o trono? — ele perguntou.

— Nem por um segundo — respondeu o duque, e até Pierrot percebeu, pela voz, que ele estava mentindo. — Eu não podia continuar. Não sem a ajuda e o apoio da mulher que amo. Foi o que eu disse no meu discurso de despedida. Mas eles nunca permitiriam que ela se tornasse rainha.

— E você acha que essa foi a única razão pela qual se livraram de você? — perguntou o Führer.

— Você não acha?

— Acho que eles tinham medo de você — ele disse. — Assim como têm medo de mim. Sabiam que você acreditava em uma aproximação entre nossos países. Ora, sua avó, a rainha Victoria, também era avó do nosso último Kaiser. E seu avô, o príncipe Albert, era de Coburgo. Seu país dá tanta importância ao meu quanto o meu dá ao seu. Somos como dois grandes carvalhos, plantados um ao lado do outro. Nossas raízes estão entrelaçadas sob o solo. Derrube uma delas e a outra sofrerá. Permita que uma cresça e ambas crescerão.

O duque ficou pensativo por um momento antes de responder.

— Talvez haja algo nisso — ele disse.

— Roubaram seu direito de nascença — continuou o Führer, agora com a voz alterada pela raiva. — Como suporta isso?

— Não há nada a fazer — disse o duque. — Já está resolvido.

— Mas quem sabe o que o futuro trará?

— O que você quer dizer?

— A Alemanha mudará nos próximos anos. Seremos fortes outra vez. Estamos redefinindo nossa posição no mundo. E talvez a Inglaterra mude também. Vejo em você um homem de vanguarda. Não acha que você e a duquesa poderiam fazer muito mais pelo seu povo se fossem rei e rainha?

O duque mordeu o lábio e franziu as sobrancelhas.

— Impossível — ele disse depois de um tempo. — Já tive minha chance.

— Tudo é possível. Veja meu exemplo. Sou o líder de um povo alemão unificado e vim do nada. Meu pai era sapateiro.

— Meu pai era rei.

— Meu pai era soldado — disse Pierrot, do canto; as palavras saltaram de sua boca antes que ele pudesse contê-las. Os homens se viraram para ele, como se tivessem se esquecido de sua presença. O Führer lhe direcionou um olhar de tamanha fúria que o menino sentiu o estômago revirar e achou que passaria mal.

— Tudo é possível — continuou o Führer após um instante, quando ele e o duque se voltaram novamente um para o outro. — Se pudesse ser arranjado, você reassumiria o trono?

O duque olhou o entorno, ansioso e roendo as unhas, examinando cada uma delas antes de limpar a mão na calça.

— É claro que o importante é pensar no nosso dever para com o país — ele respondeu. — E o que seria melhor para ele. Se essa fosse a maneira de servi-lo, então seria natural que eu... que eu...

O duque levantou os olhos, cheio de esperança, como um cachorro ansioso para ser colocado no colo pelo dono benevolente. O Führer sorriu.

— Creio que nos entendemos, David — ele disse. — Você não se importa que eu o chame assim, não é?

— Bom, ninguém me chama assim, sabe? Exceto Wallis. E minha família. Apesar de eles não me chamarem mais, de nenhum jeito. Nunca tenho notícias deles. Telefono para Bertie quatro ou cinco vezes por dia, mas ele não atende.

— Peço desculpas — o Führer levantou as mãos. — Então manteremos as formalidades, Vossa Alteza. — Ele sacudiu a cabeça. — Ou, quem sabe um dia, Vossa Majestade.

Pierrot emergiu devagar de um sonho, como se tivesse dormido apenas uma ou duas horas. Seus olhos semiabertos registraram a escuridão do quarto e o som de respiração. Alguém estava em pé ao seu lado, encarando-o enquanto ele dormia. Então Pierrot abriu os olhos de vez e viu o rosto do Führer. Seu coração saltou, assustado.

Ele tentou levantar o torso para fazer a saudação, mas sentiu que foi empurrado de volta para a cama. Nunca tinha visto o senhor de Berghof com aquela expressão no rosto; era ainda mais assustadora do que a de antes, quando o menino interrompera a conversa com o duque.

— Seu pai foi soldado, é? — sibilou o Führer. — Melhor que o meu? Melhor que o do duque? Você acha que ele era mais corajoso do que eu, só porque morreu?

— Não, meu Führer — disse Pierrot, sem ar, as palavras travando na garganta. Sua boca estava seca e seu coração saltava com selvageria dentro do peito.

— Posso confiar em você, Pieter, não posso? — perguntou o Führer, reclinando-se tanto que os pelos do seu bigode quase tocaram o lábio superior do menino. — Não dará motivos para eu me arrepender de ter permitido que morasse aqui, não é?

— Não, meu Führer. Nunca. Eu prometo.

— Ainda bem — ele sibilou. — Porque deslealdade jamais passará sem punição.

Ele deu dois tapinhas na bochecha de Pierrot antes de marchar para fora do quarto, fechando a porta atrás de si.

O menino levantou o lençol e olhou para o pijama. Teve vontade de chorar. Tinha feito algo que não fazia desde pequeno, e não sabia como explicaria aquilo para os outros. Mas jurou uma coisa para si mesmo: nunca mais decepcionaria o Führer.

10
UM NATAL FELIZ EM BERGHOF

A guerra tinha começado havia mais de um ano e a vida em Berghof mudara bastante. O Führer passava menos tempo no Obersalzberg e, quando ia para lá, costumava ficar trancado no escritório com seus generais mais importantes, os líderes da Gestapo, da Schutzstaffel e da Wehrmacht. Apesar de Hitler ainda encontrar tempo para conversar com Pierrot, os oficiais que lideravam essas divisões do Reich (Göring, Himmler, Goebbels e Heydrich) prefeririam ignorá-lo por completo. O menino ansiava pelo dia em que teria uma posição tão distinta quanto a deles.

Pierrot não dormia mais no pequeno quarto que tinha sido seu desde a chegada à montanha. Quando ele completou onze anos, Hitler informou Beatrix que o menino ocuparia o quarto da governanta, e ela poderia levar suas coisas ao quarto menor. Tal decisão fez Emma sacudir a cabeça e murmurar algo sobre a ingratidão do menino.

— A decisão foi do Führer — declarou Pierrot, sem se dar ao trabalho de olhar para ela. Ele estava mais alto; ninguém mais tinha motivos para chamá-lo de "Le Petit" outra vez. Seu torso começara a ganhar músculos graças ao circuito de exercícios diário que fazia a céu aberto. — Você está questionando a decisão? É isso, Emma? Porque, se for esse o caso, podemos discutir a questão direto com o Führer.

— O que está acontecendo aqui? — perguntou Beatrix, entrando na cozinha e percebendo o clima tenso entre os dois.

— Emma acha que não deveríamos ter trocado de quarto — disse Pierrot.

— Eu não disse nada disso — murmurou Emma, dando meia-volta.

— Mentirosa — disse Pierrot para as costas de Emma. Ele reparou na expressão do rosto da tia e sentiu uma mistura esquisita de emoções. Queria o quarto maior, claro, mas queria também que ela reconhecesse o direito dele de ocupá-lo. Afinal, ficava mais perto do quarto do Führer. — Você não se incomoda com a mudança, não é?

— Por que me incomodaria? — perguntou Beatrix, dando de ombros. — É só um lugar para dormir, nada mais. Não tem importância.

— A ideia não foi minha.

— Não? Pois não foi isso que ouvi.

— Não! Tudo o que eu disse ao Führer foi que queria que meu quarto tivesse uma parede larga o suficiente para pendurar um daqueles mapas grandes da Europa, só isso. Como o seu. Assim eu poderia acompanhar o progresso do nosso Exército pelo continente conforme derrotamos nossos inimigos.

Beatrix riu, mas, para Pierrot, não pareceu o tipo de risada que alguém daria depois de ouvir uma piada.

— Podemos destrocar, se você quiser — ele disse baixinho, olhando para o chão.

— Não tem problema — respondeu Beatrix. — A troca já está feita. Seria uma perda de tempo para todos nós.

— Que bom — ele disse, levantando o rosto e sorrindo. — Eu sabia que você concordaria. Emma tem opinião sobre tudo, não é? Acho que criados deveriam trabalhar e manter a boca fechada.

Certa tarde, Pierrot foi à biblioteca em busca de algo para ler. Passando os dedos pelas lombadas dos livros alinhados nas estantes, examinou um volume de história da Alemanha e outro do continente europeu antes de cogitar a leitura de um que descrevia todos os crimes cometidos pelo povo judeu ao longo da história. Perto dele havia uma tese que denunciava o Tratado de Versalhes como uma injustiça criminosa contra a pátria alemã. O menino pulou *Mein Kampf*, que lera três vezes ao longo dos últimos dezoito meses, sabendo de cor muitos parágrafos importantes.

Espremido no finzinho de uma prateleira estava um último título, *Emil e os detetives*. Pierrot sorriu ao se lembrar de como era jovem e inocente quando Simone Durand o colocou em suas mãos na estação de trem de Orléans, quatro anos antes. Pierrot se perguntou como tinha ido parar naquela estante. O menino pegou-o e olhou de relance para Herta, que estava ajoelhada, varrendo a lareira. Quando abriu o livro, um envelope caiu do meio das páginas e ele o pegou do chão.

— De quem é? — perguntou a criada, olhando para ele.

— De um velho amigo meu — Pierrot disse, a voz traindo a ansiedade quando reparou na letra familiar. — Quer dizer, só um vizinho, na verdade — ele se corrigiu. — Ninguém importante.

Era a última carta de Anshel que Pierrot se dera ao trabalho de guardar. Ele abriu o envelope outra vez e leu as primeiras linhas. Não havia nenhuma saudação, nenhum "Querido Pierrot", apenas o desenho de um cachorro e algumas frases apressadas:

Escrevo com pressa, tem muito barulho vindo da rua e Maman disse que o dia de partir finalmente chegou. Ela embalou nossas coisas, as mais importantes, e faz semanas que está tudo nas malas perto da porta da frente. Não sei para onde vamos, mas Maman diz que, para nós, não é mais seguro ficar aqui. Não se preocupe, Pierrot, estamos levando D'Artagnan conosco. E você, como está? Por que não respondeu às minhas duas últimas cartas? Aqui em Paris tudo está diferente. Eu queria que você visse como.

Pierrot parou a leitura; então amassou a carta e jogou na lareira, fazendo com que as cinzas do dia anterior espirrassem no rosto de Herta.

— Pieter! — ela praguejou, mas ele a ignorou.

O menino se perguntou se seria melhor destruir a carta na lareira da cozinha, cujo fogo estava alto desde cedo. Afinal, se o Führer a encontrasse, talvez ficasse bravo, e Pierrot não conseguia imaginar nada pior do que sua reprovação. Anshel fora seu amigo, claro, mas os dois eram crianças na época, e ele ainda não sabia o que significava ser próximo de um judeu. Cortar laços era a decisão mais sábia. O menino estendeu o braço para recuperar o envelope e entregou o livro para Herta ao fazê-lo.

— Dê para uma criança de Berchtesgaden, com meus cumprimentos — ele ordenou, autoritário. — Ou jogue fora. O que for mais fácil.

— Ah, Erich Kästner! — disse Herta, sorrindo ao ver a capa. — Lembro que li quando era pequena. É ótimo!

— É para crianças — disse Pierrot, dando de ombros, determinado a discordar dela. — Agora volte ao trabalho — ele acrescentou, afastando-se. — Quero este lugar limpo antes que o Führer chegue.

Alguns dias antes do Natal, Pierrot acordou no meio da noite com vontade de ir ao banheiro e seguiu descalço pelo corredor, sem fazer barulho. Ao voltar, ainda sonolento, confundiu-se e foi para o quarto antigo; só percebeu o erro quando estendeu a mão para tocar a maçaneta. Estava prestes a dar meia-volta quando, para seu espanto, ouviu vozes. A curiosidade venceu e ele aproximou a orelha da porta para escutar.

— Mas eu tenho medo — dizia tia Beatrix. — Por você. Por mim. Por todos nós.

— Não há nada a temer — respondeu a segunda voz, que Pierrot reconheceu ser de Ernst. — Tudo foi planejado com cuidado. Lembre-se de que tem mais gente do nosso lado do que você imagina.

— Mas aqui é mesmo o melhor lugar? Berlim não seria mais adequada?

— Há segurança demais em Berlim e ele se sente seguro nesta casa. Confie em mim, meu amor, nada sairá errado. Quando tudo estiver terminado, quando mentes mais sábias prevalecerem, poderemos traçar um novo caminho. Estamos fazendo a coisa certa. Não acredita nisso?

— Você sabe que sim — disse Beatrix com ferocidade. — Toda vez que olho para Pierrot, sei o que precisa ser feito. Ele é um menino completamente diferente daquele que veio morar aqui. Você também deve ter reparado.

— Claro que sim. Está se tornando um deles. Muda a cada dia. Começou até a dar ordens aos criados. Eu o repreendi alguns dias atrás e ele disse que eu devia levar minha queixa ao Führer, ou então ficar calado.

— Me apavora pensar no tipo de homem que ele vai se tornar, se isso continuar — disse Beatrix. — Alguma coisa precisa ser feita. Não só por ele, mas por todos os meninos como ele no mundo. Se não for impedido, o Führer vai destruir o país todo. A Europa toda. Ele diz que está iluminando a mente do povo alemão, mas é mentira. Hitler é a própria escuridão.

Houve silêncio por um momento e então Pierrot ouviu o inconfundível som de beijos. Estava quase abrindo a porta para confrontá-los, mas voltou para o quarto e se deitou na cama. Ficou de olhos abertos, encarando o teto, repetindo aquela conversa na cabeça, vez após vez, tentando entender o que significava.

No dia seguinte, na escola, Pierrot ficou na dúvida se devia mencionar o que acontecia em Berghof a Katarina. Ele a encontrou na hora do almoço, lendo um livro embaixo de um dos grandes carvalhos do jardim. Os dois não se sentavam mais juntos durante a aula; Katarina tinha pedido para mudar de lugar e ficar ao lado de Gretchen Baffril, a menina mais quieta da escola, sem nunca dar a Pierrot uma justificativa.

— Você não está usando a gravata — ele disse, pegando a peça de roupa do chão, onde Katarina a jogara. Ela tinha se tornado membro da Liga das Moças Alemãs um ano antes e reclamava o tempo todo de ser forçada a usar o uniforme.

— Use você, se considera tão importante assim — respondeu Katarina, sem tirar os olhos do livro.

— Mas já estou de gravata — disse Pierrot. — Veja.

Ela olhou de relance para cima antes de pegar a gravata da mão dele.

— Se eu não vestir essa coisa, você vai me dedurar, não vai? — ela perguntou.

— Claro que não — ele disse. — Por que eu faria isso? Desde que você esteja com ela quando a gente voltar para a aula, não tem problema.

— Você é tão correto, Pieter — ela respondeu, com um sorriso doce. — É uma das coisas que gosto em você.

Pierrot sorriu de volta, mas, para seu espanto, ela apenas girou os olhos e voltou a se concentrar no livro. O menino cogitou deixá-la sozinha para ler, mas tinha uma pergunta a fazer e não sabia a quem mais dirigi-la. Ele já não tinha mais tantos amigos na escola.

— Você conhece minha tia Beatrix? — ele disse por fim, sentando-se ao lado de Katarina.

— Sim, claro — a menina respondeu. — Ela passa sempre na loja do meu pai para comprar papel e tinta.

— E Ernst, o chofer do Führer?

— Nunca falei com ele, mas já o vi dirigindo por Berchtesgaden. O que têm eles?

Pierrot respirou pesado e então sacudiu a cabeça.

— Nada — ele disse.

— Como nada? Por que perguntou?

— Você acha que são bons alemães? — o menino indagou. — Quer dizer, acho que isso depende de como você define a palavra "bom", não é?

— Discordo — disse Katarina, colocando seu marcador no livro e olhando nos olhos dele. — Acho que não existem tantas maneiras de definir a palavra "bom". Ou você é bom ou não é.

— O que eu quis dizer foi: você acha que eles são patriotas?

— Como vou saber? — disse Katarina, dando de ombros. — Patriotismo, sim, pode ser definido de vários jeitos diferentes. Você, por exemplo, acredita no oposto do que eu acredito.

— Eu acredito no mesmo que o Führer — disse Pierrot.

— Exato — ela respondeu, desviando o olhar para um grupo de crianças que brincava de amarelinha no canto do pátio.

— Por que você não gosta mais de mim? — ele perguntou depois de um longo silêncio.

Ela olhou para ele, a expressão em seu rosto sugerindo surpresa com a pergunta.

— O que te faz pensar que não gosto mais de você, Pieter? — ela perguntou.

— Você não conversa mais comigo. Mudou de lugar para ficar ao lado de Gretchen Baffril e nunca me disse por quê.

— Bom, ninguém queria sentar com Gretchen depois que Heinrich Furst saiu da escola — disse Katarina. — Eu não queria que ela ficasse sozinha.

Pierrot desviou o rosto e engoliu em seco, já arrependido de ter começado aquela conversa.

— Você se lembra de Heinrich, não é? — ela continuou. — Um menino muito legal. Amigável. Você se lembra de como ficamos todos chocados quando ele nos contou as coisas que o pai dele tinha dito sobre o Führer? E como prometemos não contar a ninguém?

Pierrot se levantou e limpou a parte de trás da calça.

— Está esfriando — ele disse. — Vou voltar para dentro.

— Você se lembra de quando recebemos a notícia de que o pai dele tinha sido levado no meio da noite e arrastado para longe de Berchtesgaden? E de que ninguém mais ouviu falar nele? E de como Heinrich, a mãe e a irmã mais nova tiveram que ir morar em Leipzig com a tia, porque não tinham mais dinheiro?

O sinal tocou e Pierrot conferiu o relógio de pulso.

— Sua gravata — ele disse, apontando. — Está na hora. É melhor vestir.

— Não se preocupe, vou vestir — ela disse enquanto ele se afastava. — Afinal, não queremos que a coitada da Gretchen acabe se sentando sozinha outra vez, não é mesmo? Não é mesmo, Pierrot? — ela berrou, mas o menino sacudiu a cabeça e fingiu que não era com ele.

Quando voltou para dentro, Pierrot tinha, de alguma maneira, eliminado aquela conversa da memória e a colocado numa parte separada da cabeça. A parte que abrigava as memórias de Maman e Anshel. Um lugar que ele quase não visitava mais.

O Führer e Eva chegaram em Berghof na véspera do Natal, quando Pierrot praticava marcha com rifle do lado de fora. Depois que o casal se acomodou, ele foi chamado para dentro.

— Haverá uma festa em Berchtesgaden mais tarde —

explicou Eva. — Uma celebração de Natal para as crianças. O Führer gostaria que você nos acompanhasse.

O coração do menino saltou de alegria. Ele nunca tinha ido a lugar nenhum com o Führer e podia imaginar a expressão invejosa no rosto dos moradores quando ele chegasse com o líder amado por todos. Seria como se fosse filho de Hitler.

Vestiu um uniforme limpo e ordenou que Ange engraxasse suas botas até conseguir ver o próprio rosto refletido no couro. Quando a moça as trouxe de volta, Pierrot mal olhou para os calçados antes de dizer que não estavam bons o suficiente e mandá-la refazer o trabalho.

— E não me faça pedir uma terceira vez — ele disse enquanto ela seguia para a área dos criados.

Naquela tarde, quando ele pisou no jardim com Hitler e Eva, sentiu mais orgulho do que jamais sentira em toda a vida. Os três foram juntos no banco traseiro do carro. Enquanto desciam a montanha, Pierrot observou Ernst pelo retrovisor, tentando decifrar suas intenções, mas toda vez que o chofer olhava para cima a fim de conferir a estrada parecia ignorar a presença do menino. *Sou apenas uma criança para ele,* pensou Pierrot. *Ernst acha que eu não faço a menor diferença.*

Quando chegaram a Berchtesgaden, havia uma multidão nas ruas, balançando bandeirolas com suásticas e gritando de alegria. Apesar do frio, Hitler orientou Ernst a manter a capota do carro abaixada para que as pessoas pudessem vê-lo. Todos berravam incentivos quando ele passava, e o Führer fazia a saudação com o braço, com uma expressão austera no rosto, enquanto Eva sorria e acenava.

Ernst parou diante da prefeitura e o prefeito surgiu para cumprimentá-los, fazendo uma reverência obsequiosa quando o Führer sacudiu sua mão, então levantando o braço para a saudação tradicional e em seguida fazendo mais uma reverência, até que ficou confuso e só se acalmou quando Hitler pousou a mão em seu ombro. Enfim, ele saiu do caminho para deixá-los entrar.

— Você não vem, Ernst? — perguntou Pierrot ao perceber que o chofer estava ficando para trás.

— Preciso ficar com o carro — ele disse. — Mas vá em frente. Estarei à espera quando saírem.

Pierrot concordou com a cabeça e decidiu deixar o resto da multidão entrar — ele gostava da ideia de marchar pelo corredor com seu uniforme da Juventude Alemã e se sentar ao lado do Führer sob o olhar de todo mundo. Porém, quando foi em direção à porta, reparou nas chaves do carro de Ernst caídas no chão. O chofer devia ter deixado cair em meio à multidão.

— Ernst! — ele chamou, olhando para a rua atrás de si, mas o carro estava estacionado fora de vista. O menino suspirou, frustrado, espiando o interior da prefeitura; ainda havia tanta gente à procura de assentos que ele julgou ter tempo suficiente. Por isso, correu pela rua, esperando ver o chofer procurando pelas chaves nos bolsos quando o encontrasse.

O carro estava lá, mas, para seu espanto, Ernst não estava.

Pierrot franziu o cenho e olhou o entorno. Ernst tinha dito que ficaria com o carro, não tinha? Ele começou a caminhar, conferindo as ruas transversais; quando estava prestes a desistir e voltar para a prefeitura, viu o chofer batendo numa porta mais à frente.

— Ernst! — ele chamou, mas a voz não o alcançou. Então, viu a porta do chalé pequeno e discreto ser aberta e Ernst desaparecer lá dentro.

Pierrot esperou até a rua estar em silêncio outra vez e foi até a janela do lugar, colocando o rosto perto do vidro.

Não havia ninguém na sala repleta de livros e discos, mas, além da porta no fundo do aposento, o menino reconheceu Ernst em uma conversa séria com um homem desconhecido. Pierrot viu quando o homem abriu um armário e pegou o que parecia um frasco de remédio e uma seringa. Ele furou a tampa com a agulha, extraiu um pouco do líquido e injetou em um bolo na mesa ao seu lado; então abriu os braços, como se dissesse "Simples assim". Concordando com a cabeça, Ernst pegou o frasco e a seringa e guardou no bolso do sobretudo, enquanto o homem se encarregou de jogar o bolo no lixo. Quando o chofer se virou para voltar à porta de entrada, Pierrot se escondeu para ouvir.

— Boa sorte — disse o estranho.

— Para todos nós — respondeu Ernst.

Pierrot voltou correndo para a prefeitura, parando apenas para colocar a chave na ignição ao passar pelo carro, e se sentou num dos lugares da frente para ouvir o fim do discurso do Führer. Ele dizia que o ano seguinte, 1941, seria um grande ano para a Alemanha; que o mundo finalmente reconheceria a determinação do povo alemão conforme a vitória se aproximasse. Apesar do clima festivo, Hitler rugia as frases como se advertisse o público — que, por sua vez, respondia com gritos de satisfação, envolto em um frenesi provocado pelo entusiasmo quase maníaco do líder. Hitler bateu no pódio algumas vezes, fazendo Eva fechar os olhos e pular; quanto mais ele batia, mais as pessoas gritavam e levantavam os braços em uníssono, como se fossem um único corpo conectado a uma única mente, gritando "*Sieg Heil! Sieg Heil! Sieg Heil!*", e no coração da multidão estava Pierrot, a voz tão alta quanto a dos outros; a paixão, tão profunda; a crença, tão forte.

Na noite de Natal, o Führer ofereceu um modesto jantar para os criados de Berghof, em agradecimento pelos serviços prestados ao longo do ano. Apesar de não ter dado presente a ninguém, ele tinha perguntado a Pierrot alguns dias antes se havia algo especial que ele quisesse. O menino, sem querer parecer uma criança entre adultos, disse que não queria nada.

Emma tinha se superado no banquete: peru, pato e ganso preparados com um saboroso recheio de maçã, cranberry e especiarias; três tipos de batata; chucrute; e uma variedade de pratos vegetarianos para o Führer.

Todos se deliciaram e comemoraram juntos. Hitler passou de um em um, sempre falando de política. Independente do que dissesse, todo mundo concordava com a cabeça e respondia que ele estava absolutamente certo. Podia ter dito que a Lua era feita de queijo e teriam respondido: "Claro que é, meu Führer. De queijo alemão".

Pierrot observou a tia, que parecia mais nervosa que o normal naquela noite, e ficou de olho também em Ernst, que aparentava uma calma extraordinária.

— Beba um pouco, Ernst — disse o Führer bem alto, servindo uma taça de vinho ao motorista. — Não precisaremos de seus serviços hoje. É a ceia de Natal! Divirta-se!

— Obrigado, meu Führer — respondeu o chofer, aceitando a taça e erguendo-a em um brinde ao líder, que recebeu os aplausos e cumprimentos com um educado aceno da cabeça e um raro sorriso.

— A sobremesa! — exclamou Emma quando os pratos estavam quase vazios. — Quase esqueci!

Pierrot viu Emma trazer um belo *stollen* da cozinha e colocar na mesa, o aroma de frutas, marzipã e especiarias tomando conta do ar. Ela se esforçara para fazer o doce no formato da mansão Berghof, com açúcar de confeiteiro representando a neve, mas apenas um crítico generoso teria elogiado suas habilidades como escultora. Beatrix encarou o doce, o rosto pálido, e se virou para Ernst, que parecia determinado a não retribuir o olhar. Pierrot observou com nervosismo quando a cozinheira tirou uma faca do bolso do avental e começou a fatiar.

— Está maravilhoso, Emma — comentou Eva, reluzindo de alegria.

— A primeira fatia vai para o Führer — disse Beatrix, a voz alegre, mas com um discreto tremor.

— Sim, claro — concordou Ernst. — O senhor precisa nos dizer se está tão saboroso quanto parece.

— Infelizmente, acho que não consigo comer mais — declarou Hitler, dando tapinhas na barriga. — Estou prestes a explodir.

— Ah, mas o senhor precisa comer, meu Führer! — disse Ernst na mesma hora. — Desculpe — ele acrescentou ao perceber que todos ficaram surpresos com seu entusiasmo. — É que o senhor merece este presente. Fez tanto por nós este ano. Só uma fatia, por favor. Para celebrar as festas. Depois todos nós comeremos.

Emma cortou uma porção generosa, colocou num prato com um garfo e então estendeu para o Führer, que olhou para a sobremesa por um instante, na dúvida.

— Você está certo — ele disse, rindo. — Natal não é Natal sem *stollen*.

O Führer usou a lateral do garfo para cortar um pedaço do doce e levar à boca.

— Espere! — berrou Pierrot, dando um salto. — Pare!

Todas as cabeças acompanharam, chocadas, o menino correr para o lado do Führer.

— O que foi, Pieter? — ele perguntou. — Você quer a primeira fatia? Achei que fosse mais educado.

— Largue o doce — disse Pierrot.

Fez-se silêncio absoluto por um momento.

— O que disse? — perguntou o Führer, em tom gélido.

— Largue o doce, meu Führer — repetiu Pierrot. — Acho melhor o senhor não comer.

Ninguém disse nada enquanto Hitler olhava do menino para o doce e de volta para o menino.

— E por que não? — ele perguntou, atônito.

— Acho que tem alguma coisa errada com ele — respondeu o menino, a voz tão trêmula quanto a da tia alguns momentos antes. Sua suspeita talvez fosse equivocada; podia estar fazendo papel de bobo, e o Führer jamais o perdoaria por isso.

— Alguma coisa errada com meu *stollen*? — indignou-se Emma, quebrando o silêncio. — Pois saiba, jovenzinho, que faço esse doce há mais de vinte anos e nunca ouvi nenhuma reclamação.

— Pieter, você está cansado — disse Beatrix, indo até ele e pousando as mãos em seus ombros, então tentando conduzi-lo para outro lugar. — Peço desculpas, meu Führer.

É o entusiasmo pelo Natal. O senhor sabe como são as crianças.

— Me solte! — berrou Pierrot, afastando-se dela; Beatrix deu um passo para trás e levou a mão à boca, horrorizada. — Nunca mais ponha as mãos em mim, ouviu? Você é uma traidora!

— Pieter — disse o Führer. — O que você...?

— O senhor perguntou outro dia se eu queria alguma coisa de Natal — disse Pierrot, interrompendo o líder.

— Sim, perguntei. Que importância tem isso?

— Pois mudei de ideia. Quero uma coisa, sim. Uma coisa muito simples.

O Führer olhou em volta, metade de um sorriso no rosto, como se esperasse que alguém explicasse tudo em breve.

— Está bem. O que você quer? Diga.

— Quero que Ernst coma o primeiro pedaço — ele disse.

Ninguém falou nada. Ninguém se mexeu. O Führer tamborilou o dedo na lateral do prato, pensativo. E então, devagar, bem devagar, virou-se para o motorista.

— Você quer que Ernst coma o primeiro pedaço — ele repetiu, baixinho.

— Não, meu Führer — insistiu o chofer, sacudindo a cabeça, as palavras embargadas. — Não posso. Seria errado. A honra da primeira fatia pertence ao senhor. O senhor fez... — as palavras foram sumindo devido ao medo — tanto... por todos... nós...

— Mas é Natal — disse Hitler, indo até ele; Herta e Ange saíram do caminho para o Führer passar. — Os meninos, quando são bonzinhos, merecem ganhar o que pediram de Natal. E Pieter se comportou muito, muito bem.

Ele estendeu o prato, os olhos fixos em Ernst.

— Coma — ele disse. — Coma tudo. Diga se está saboroso.

Hitler deu um passo para trás e Ernst levou o garfo à boca, encarando o doce por um momento antes de repentinamente jogar tudo no Führer e fugir correndo. O prato se espatifou no chão e Eva gritou.

— Ernst! — berrou Beatrix, mas os guardas foram atrás dele no mesmo instante e Pierrot ouviu gritaria vindo de fora conforme os soldados o derrubaram. Ernst gritava, pedia para não ser levado, para ser deixado em paz, enquanto Beatrix, Emma e as criadas assistiam a tudo, chocadas e amedrontadas.

— O que foi isso? — perguntou Eva, confusa, olhando em volta. — O que está acontecendo? Por que ele não quis comer?

— Ele tentou me envenenar — disse o Führer, a voz triste. — Que decepção.

Em seguida, deu meia-volta, seguiu pelo corredor e entrou no escritório, fechando a porta atrás de si. Um momento depois, abriu-a outra vez e rugiu o nome de Pierrot.

O menino demorou para conseguir dormir naquela noite, e não por estar animado com a chegada do dia de Natal. Interrogado pelo Führer por mais de uma hora, ele tinha revelado tudo o que vira e ouvira desde sua chegada a Berghof, a suspeita que teve de Ernst e sua grande decepção pela própria tia trair a pátria daquele jeito. Hitler permaneceu em silêncio enquanto o menino falou, fazendo apenas algumas perguntas de vez em quando, para saber se Emma, Herta, Ange ou algum dos guardas tivera envolvimento com o plano. Tudo indicava que eles desconheciam o que Ernst e Beatrix haviam planejado, tanto quanto o próprio Führer.

— E você, Pieter? — ele perguntou, antes de deixá-lo ir embora. — Por que não me contou antes?

— Só no jantar entendi o que eles estavam fazendo — respondeu Pierrot, o rosto enrubescendo de ansiedade, temeroso de ser também implicado no que acontecera e mandado para longe do Obersalzberg. — Eu não tinha certeza nem se era do senhor que Ernst falava. Só me dei conta no último segundo, quando ele insistiu que comesse o *stollen*.

O Führer aceitou a resposta e o mandou para a cama. O menino ficou lá deitado, mexendo-se de um lado para o outro, até o sono vencer. Imagens inquietas de seu pai e sua mãe vieram em sonho: o tabuleiro de xadrez no subsolo do restaurante de Monsieur Abrahams; as ruas no entorno da Avenue Charles Floquet. Ele sonhou com D'Artagnan e Anshel e com as histórias que seu amigo costumava mandar. Então, quando seu sonho começou a ficar ainda mais confuso, Pierrot acordou com um susto e se sentou na cama, suor escorrendo pela face.

Ficou ali, com a mão no peito, esforçando-se para respirar, e então ouviu vozes baixas, botas pisando no cascalho. Saltou da cama, foi até a janela e abriu as cortinas para ver o jardim dos fundos.

Havia dois carros, o de Ernst e mais um. Estavam estacionados lado a lado, os faróis acesos, formando um foco de luz fantasmagórica no centro do gramado. Três soldados estavam parados de costas para a casa e então Pierrot viu mais dois, que puxavam Ernst para o local onde os dois fachos de luz cruzavam, dando ao motorista uma aparência espectral. Sua camisa estava rasgada e ele tinha sido severamente espancado — um dos olhos estava inchado e não abria; sangue escorria por seu rosto, vindo de uma ferida profunda perto do couro cabeludo; havia um hematoma escuro em sua barriga. As mãos estavam amarradas atrás das costas e, apesar de as pernas ameaçarem desmoronar sob seu peso, ele se mantinha ereto.

Logo depois chegou o Führer em pessoa, vestido com sobretudo e chapéu. Ele se posicionou à direita dos soldados e não disse nada; apenas acenou com a cabeça quando os soldados levantaram os rifles.

— Morte aos nazistas! — gritou Ernst e então os tiros ecoaram. Pierrot agarrou o batente da janela, horrorizado, ao ver o corpo do chofer cair no chão. Um dos guardas marchou na direção do corpo, tirou uma pistola do coldre e disparou mais uma bala na cabeça sem vida. Hitler assentiu e eles removeram o corpo de Ernst, arrastando-o pelos pés.

Pierrot apertou as mãos contra a boca para impedir um grito e desmoronou no chão, apoiando as costas na parede. Nunca tinha visto nada como aquilo; achou que ia vomitar.

Você fez isso, dizia uma voz na sua cabeça. *Você o matou.*

— Mas ele era um traidor — o menino respondeu em voz alta para si mesmo. — Ele traiu a pátria! Traiu o próprio Führer!

Pierrot ficou onde estava, tentando se recompor, ignorando o suor que escorria pelas costas. Por fim, quando se sentiu forte o suficiente, levantou-se e ousou olhar para fora de novo.

Ouviu mais passos no cascalho e então vozes de mulheres gritando, à beira da histeria. Ao olhar para baixo, viu que Emma e Herta tinham saído da casa e estavam ao lado do Führer, implorando. A cozinheira estava quase de joelhos, numa postura de súplica. Pierrot franziu o cenho, incapaz de entender o que estava acontecendo. Afinal, Ernst estava morto; era tarde demais para rogar por sua vida.

Então ele a viu.

Sua tia Beatrix, sendo conduzida ao local onde Ernst tinha morrido apenas alguns minutos antes.

Suas mãos não estavam amarradas, mas seu rosto também tinha sido espancado com brutalidade. A blusa estava rasgada de cima a baixo. Ela não disse nada; apenas olhou para as mulheres com uma expressão de gratidão e depois desviou o olhar. O Führer rugiu uma ordem para a cozinheira e a criada, e Eva surgiu para conduzir as mulheres para dentro da casa, aos prantos.

Pierrot olhou para a tia e seu sangue congelou quando percebeu que ela estava olhando para cima, encarando-o. Seus olhares se encontraram e ele engoliu em seco, sem saber o que fazer ou dizer. Porém, antes que pudesse decidir, os tiros ecoaram como um insulto à tranquilidade da montanha e o corpo da mulher foi ao chão. Pierrot continuou olhando, incapaz de mover um músculo. E então, mais uma vez, o som de uma bala adicional cortou a noite.

Você está seguro, ele disse a si mesmo. *Ela era uma traidora, assim como Ernst. Traidores devem ser punidos.*

O menino fechou os olhos enquanto o corpo foi arrastado. Então os abriu, esperando que a área já estivesse vazia, mas ainda havia um homem no centro do jardim, olhando para ele, assim como Beatrix tinha feito.

Pierrot ficou imóvel enquanto encarava Adolf Hitler. Ele sabia o que devia fazer. Bateu os calcanhares um no outro e estendeu o braço direito, as pontas dos dedos tocando o vidro, na saudação que se tornara parte dele.

Foi Pierrot quem se levantou da cama naquela manhã, mas foi Pieter quem se deitou à noite, caindo no sono logo em seguida.

PARTE 3

1942-5

11
UM PROJETO ESPECIAL

A reunião tinha começado havia quase uma hora quando os dois chegaram. Da sala de leitura, Pieter viu Kempka, o novo chofer, aproximar o carro da porta de entrada. O menino correu até lá, pronto para cumprimentar os oficiais que saíram do veículo.

— Heil Hitler! — bradou com a maior força que podia, colocando-se em prontidão. Herr Bischoff, o mais baixo e rechonchudo, pôs a mão no peito, surpreso.

— Ele precisa mesmo gritar tão alto? — perguntou, virando-se para o motorista, que olhou de relance para Pieter com uma expressão de desprezo. — Quem é esse menino?

— Meu nome é Scharführer Fischer — declarou Pieter, tocando as platinas em seus ombros para indicar os dois relâmpagos brancos contra o fundo preto. — Kempka, leve as malas para dentro.

— Agora mesmo, senhor — disse o motorista, obedecendo à ordem sem hesitar.

O outro homem, um Obersturmbannführer, pelo que indicava a insígnia, cujo braço direito estava engessado, adiantou-se e examinou a insígnia de Pieter antes de olhar em seus olhos, sem o menor traço de gentileza ou afabilidade. Havia algo familiar em seu rosto, mas o menino não conseguiu identificar o quê. Tinha certeza de que ele nunca tinha visitado Berghof, pois mantinha um registro cuidadoso de todos os oficiais superiores que passavam por lá. Ainda assim, em algum lugar no fundo da mente, teve certeza de que seus caminhos já tinham se cruzado.

— Scharführer Fischer — disse o homem, em um tom baixo —, você é membro da Juventude Hitlerista?

— Sim, meu Obersturmbannführer.

— E quantos anos tem?

— Treze, meu Obersturmbannführer. O Führer me promoveu um ano antes dos outros, como recompensa por um grande serviço que prestei a ele e à nossa pátria.

— Compreendo. Mas o líder de um esquadrão precisa ter um esquadrão, se não me engano.

— Sim, meu Obersturmbannführer — respondeu Pieter, postura ereta, olhando para a frente.

— Onde está?

— Desculpe, meu Obersturmbannführer?

— Seu esquadrão. Quantos membros da Juventude Hitlerista estão sob sua autoridade? Uma dúzia? Vinte? Cinquenta?

— No momento, não há membros da Juventude Hitlerista no Obersalzberg — disse Pieter.

— Nenhum?

— Não, meu Obersturmbannführer — disse Pieter, envergonhado. Embora tivesse orgulho de sua designação, ainda era constrangedor o fato de nunca ter treinado, morado ou convivido com outros membros da organização. O

Führer lhe oferecia novos títulos ou promoções com certa frequência, mas eram praticamente honorários.

— Um líder de esquadrão sem um esquadrão — disse o homem, virando-se para trás e sorrindo para Herr Bischoff. — Nunca ouvi falar nisso.

Pieter sentiu o rosto ficar vermelho e desejou não ter saído da casa para recebê-los. Tinham inveja dele, foi o que o menino disse a si mesmo. Algum dia faria com que todos pagassem. Quando tivesse poder de verdade.

— Karl! Ralf! — disse o Führer, saindo da casa e descendo os degraus para cumprimentar os dois homens. Ele estava de muito bom humor, o que era incomum. — Finalmente! Por que demoraram tanto?

— Peço desculpas, meu Führer — disse Kempka, os calcanhares das botas batendo em saudação. — O trem de Munique a Salzburgo atrasou.

— Então por que se desculpar? Não foi você o responsável, foi? — perguntou Hitler, que não tinha com o atual motorista a mesma relação amigável que tivera com Ernst. (Eva apontara certa tarde, ao ouvir isso, que pelo menos Kempka nunca tentara matá-lo.) — Entrem, cavalheiros. Heinrich já está lá dentro. Vou me juntar a vocês em alguns minutos. Pieter mostrará o caminho para o escritório.

Os oficiais seguiram o menino pelo corredor. Ele abriu a porta do aposento, onde Himmler os esperava, e o Reichsführer se forçou a sorrir quando apertou as mãos dos recém-chegados. Pieter reparou que, apesar de ser amigável com Bischoff, Himmler parecia um pouco hostil com o outro.

Após deixar os homens sozinhos, Pieter viu o Führer perto de uma janela, lendo uma carta.

— Meu Führer — o menino disse, seguindo na direção dele.

— O que foi, Pieter? Estou ocupado — Hitler respondeu, guardando a carta no bolso e olhando para o menino.

— Espero ter provado meu valor ao senhor, meu Führer — disse Pieter, com a postura ereta.

— Sim, claro que provou. Por que diz isso?

— Por causa de uma coisa que o Obersturmbannführer comentou. Sobre eu ter um posto, mas nenhuma responsabilidade.

— Você tem muitas responsabilidades, Pieter. Faz parte da vida aqui no Obersalzberg. E tem seus estudos também.

— Acho que posso oferecer mais ajuda ao senhor e à nossa causa.

— Que tipo de ajuda?

— Quero lutar. Tenho força, tenho saúde, tenho...

— Treze anos — interrompeu o Führer, com metade de um sorriso no rosto. — Pieter, o Exército não é lugar para crianças.

Ele sentiu o rosto enrubescer, tamanha sua frustração.

— Não sou uma criança, meu Führer — ele disse. — Meu pai lutou pela pátria. Também quero lutar. Quero que o senhor tenha orgulho de mim. Quero recuperar a honra da minha família, cujo nome foi horrivelmente manchado.

O Führer respirou pesado pelo nariz ao pensar no assunto.

— Você já se perguntou por que eu o mantive aqui? — Hitler perguntou, enfim.

Pieter sacudiu a cabeça.

— Por quê, meu Führer?

— Quando aquela traidora, cujo nome não vou mencionar, perguntou se você podia morar aqui em Berghof, fiquei em dúvida. Eu não tinha nenhuma experiência com crianças. Não tive filhos, como você sabe, e não queria alguém correndo para lá e para cá, no meu caminho. Mas fui sempre um coração mole. Por isso, concordei. E você nunca me deu motivos para me arrepender da decisão, pois se provou uma presença tranquila e interessada. Depois que os crimes daquela mulher foram descobertos, houve muitos que recomendaram que eu o mandasse embora, ou até mesmo que lhe desse o mesmo destino.

Pieter arregalou os olhos. Alguém sugerira que ele fosse executado por causa de Beatrix e Ernst? Quem? Um dos soldados? Herta ou Ange? Emma? Todos detestavam sua autoridade em Berghof. Mas queriam que morresse por isso?

— Mas eu recusei — continuou o Führer, estalando os dedos quando Blondi passou; a cadela se aproximou e pôs o focinho na mão dele. — Eu disse que Pieter era meu amigo, que se importava com minha segurança, que nunca poderia me decepcionar. Apesar de onde vem. Apesar de sua família deplorável. Apesar de tudo isso. Eu disse que o manteria aqui até se tornar um homem. Mas você ainda não é um homem, pequeno Pieter.

O menino empalideceu, sentindo a frustração crescer dentro de si.

— Quando for mais velho — continuou Hitler —, talvez haja alguma coisa que possamos fazer. Porém, a guerra acabará muito antes disso. Conquistaremos a vitória no ano que vem, isso já está bastante claro. Enquanto isso, você precisa continuar com seus estudos; isso é o mais importante. Daqui a alguns anos, haverá uma posição importante esperando por você no Reich. Disso tenho certeza.

Pieter concordou com a cabeça, desapontado, mas sabendo que era uma péssima ideia questionar o Führer ou tentar persuadi-lo. O menino já tinha visto como ele perdia a paciência e, num piscar de olhos, mudava de benevolente a furioso. Por isso, bateu os calcanhares, fez a saudação tradicional e saiu da casa.

Lá fora, Kempka estava recostado no carro, fumando.

— Ajeite a postura — ordenou Pieter. — Não fique tão curvado.

E o motorista ajeitou a postura na mesma hora.

Sozinho na cozinha, Pieter abriu os armários e as latas à procura de algo para comer. Estava sempre com fome ultimamente. Não importava a quantidade de comida que ingerisse, nunca ficava satisfeito, o que Herta dizia ser típico dos adolescentes. Sorriu diante de um bolo de chocolate fresquinho e já tinha levantado a redoma da boleira e estava prestes a cortar uma fatia quando Emma entrou.

— Se encostar um dedo nesse bolo, Pieter Fischer, vou enchê-lo de palmadas com a colher de pau antes mesmo de você se dar conta do que está acontecendo.

O menino se virou e a encarou com uma expressão fria. Já bastava de insultos por um dia.

— Estou grande demais para esse tipo de ameaça, não acha?

— Não, não acho — ela respondeu, empurrando-o para o lado e recolocando a redoma sobre o bolo. — Quando estiver na *minha* cozinha, deve obedecer às *minhas* regras. Não dou a mínima para quão importante você se considera.

Se está com fome, tem sobras de frango na geladeira. Faça um sanduíche.

Ele abriu a geladeira e checou o conteúdo. Havia mesmo um prato com frango em uma das prateleiras, assim como um pote de maionese fresca.

— Perfeito! — ele disse, batendo as mãos de alegria. — Parece delicioso. Pode fazer um para mim. Ah, e vou querer algo de sobremesa.

Ele se sentou à mesa e Emma o encarou, com as mãos na cintura.

— Não sou sua escrava — ela disse. — Se quer um sanduíche, faça você mesmo. Ainda tem mãos, não tem?

— Você é a cozinheira — ele respondeu baixinho. — E eu sou um Scharführer com fome. Você vai fazer um sanduíche para mim. — Emma não se mexeu, mas ele percebeu que ela estava incerta sobre como reagir; bastava apenas insistir um pouco mais. — Agora! — ele rugiu, batendo o punho na mesa. Ela deu um salto, murmurando algo para si mesma ao pegar os ingredientes na geladeira e abrir a cesta de pão para cortar duas fatias espessas. Quando estava pronto e ela o colocou à frente dele, Pieter levantou o rosto e sorriu.

— Obrigado, Emma — ele disse, calmo. — Parece delicioso.

A cozinheira devolveu o olhar por um bom tempo.

— Deve ser coisa de família — ela disse. — Sua tia Beatrix também amava sanduíche de frango. A diferença é que ela sabia fazer sozinha.

Pieter apertou a mandíbula e sentiu a fúria crescer dentro de si. Não havia tia Beatrix nenhuma, ele disse a si mesmo. Aquele era outro menino. Chamado Pierrot.

— Aliás — ela disse, pegando algo no bolso do avental. — Isso chegou para você.

Ela entregou um envelope a Pieter, que passou os olhos pela letra familiar e então devolveu, sem abrir.

— Queime — ele disse. — Essa e qualquer outra que eu receber.

— É daquele seu velho amigo de Paris, não é? — perguntou Emma, segurando o envelope contra a luz, como se pudesse ver as palavras através do papel.

— Eu mandei queimar — ele retrucou. — Não tenho *nenhum* amigo em Paris. Muito menos esse judeu que insiste em escrever para me contar como sua vida é horrível. Ele devia estar contente que os alemães conquistaram Paris. Tem sorte de permitirem que continue morando lá.

— Eu me lembro de quando você chegou — disse Emma, baixinho. — Você se sentou ali, naquele banco, e me contou sobre o pequeno Anshel e sobre como ele estava cuidando do seu cachorro para você, e como tinham uma língua de sinais especial que só os dois entendiam. Ele era a raposa e você era o...

Pieter não permitiu que ela terminasse a frase; levantou-se em um salto e arrancou o envelope de suas mãos com tanta força que a cozinheira caiu no chão gritando, embora não pudesse ter se machucado muito.

— Qual é o seu problema? — sibilou o menino. — Por que me trata sempre com tanto desrespeito? Não sabe quem eu sou?

— Não! — ela respondeu, a voz cheia de emoção. — Já não sei mais. Mas sei quem você já foi.

Pieter sentiu as mãos se fecharem em punhos, mas, antes que pudesse dizer mais alguma coisa, o Führer abriu a porta e pôs a cabeça para dentro da cozinha.

— Pieter! — ele disse. — Venha comigo, sim? Preciso da sua ajuda.

Hitler baixou os olhos para Emma, mas não demonstrou nenhuma reação ao fato de ela estar no chão. O menino jogou a carta no fogo e olhou para a cozinheira.

— Não quero mais receber essas cartas, você entendeu? Se chegar mais alguma, jogue fora. Se trouxer outra para mim, farei com que se arrependa. — Ele pegou o sanduíche ainda intocado em cima da mesa, foi até a lixeira e jogou tudo lá dentro. — E você vai fazer outro para mim, mais tarde. Na hora que eu mandar.

— Como você pode ver, Pieter — disse o Führer quando o menino entrou no aposento —, o Obersturmbannführer se feriu. Um brutamontes o atacou na rua.

— Ele quebrou meu braço — comentou o homem, calmo, como se aquilo não fizesse diferença. — E eu quebrei o pescoço dele.

Himmler e Herr Bischoff levantaram o rosto, sentados à mesa no centro do escritório — sobre a qual havia fotografias e inúmeras páginas de diagramas e plantas —, e riram.

— Por isso — continuou Hitler —, está momentaneamente incapacitado de escrever e precisa de alguém para tomar notas por ele. Sente-se, fique quietinho e escreva tudo o que dissermos. Sem interrupções.

— Sim, meu Führer — respondeu Pieter, lembrando-se de como ficou assustado quase cinco anos antes, quando o duque de Windsor esteve naquele mesmo aposento e ele falou sem ser convidado.

Pieter ficou um tanto relutante de se sentar à escrivaninha do Führer, mas os quatro homens estavam reunidos em torno da mesa e, portanto, não tinha escolha. Ele colocou as palmas das mãos na madeira. Quando olhou em volta e viu a bandeira da Alemanha de um lado e a do partido nazista do outro, foi preenchido por uma sensação imensa de poder. Era difícil não imaginar como seria se sentar ali como o comandante absoluto.

— Pieter, você está prestando atenção? — praguejou Hitler, virando-se para vê-lo. O menino endireitou a postura, pegou um bloco de anotações, destampou uma caneta-tinteiro e começou a transcrever o que era dito.

— Esta é a área que temos em mente — dizia Herr Bischoff, apontando para uma série de projetos e plantas. — Como sabe, meu Führer, os dezesseis prédios que existiam aqui foram convertidos para nosso uso, mas não existe espaço suficiente para a quantidade de prisioneiros que chegam.

— Quantos estão lá no momento? — perguntou o Führer.

— Mais de dez mil — disse Himmler. — Principalmente poloneses.

— Isto — continuou Herr Bischoff, indicando uma área grande em torno do campo — é o que chamo de "zona de interesse". Cerca de quarenta quilômetros quadrados de terreno que seriam perfeitos para nossas necessidades.

— E está disponível? — perguntou Hitler, passando o dedo pelo mapa.

— Não, meu Führer — respondeu Herr Bischoff, sacudindo a cabeça. — Está ocupado por donos de terras e fazendeiros. Precisaríamos comprar a terra deles.

— Podemos confiscar — interveio o Obersturmbannführer, dando de ombros sem demonstrar emoção. — A terra é necessária para uso do Reich. Os moradores vão entender.

— Mas...

— Por favor, continue, Herr Bischoff — disse o Führer. — Ralf está certo. A terra deve ser confiscada.

— Muito bem — ele respondeu, e Pieter percebeu que o homem começara a transpirar pela careca. — Esses são os projetos que fiz para o segundo campo.

— Que tamanho?

— Cerca de cento e setenta e dois hectares.

— Grande assim? — disse o Führer, levantando o rosto, evidentemente espantado.

— Estive lá em pessoa, meu Führer — disse Himmler, com uma expressão de orgulho. — Quando vi a extensão do terreno, soube que seria adequado.

— Meu bom e leal Heinrich — disse Hitler com um sorriso, pousando a mão no ombro do outro por um instante conforme baixou o olhar para observar as plantas. Himmler reluziu com o elogio.

— Planejei trezentos prédios — continuou Herr Bischoff. — Será o maior campo do tipo em toda a Europa. Como pode ver, optei por uma disposição bastante tradicional, o que torna tudo mais fácil para os guardas...

— Claro, claro — disse o Führer. — Mas quantos prisioneiros cabem em trezentos prédios? Não parece ser muito.

— Mas, meu Führer — disse Herr Bischoff, abrindo

bem os braços —, não são prédios pequenos. Cada um pode abrigar entre seiscentas e setecentas pessoas.

Hitler levantou o rosto e fechou apenas um olho enquanto tentava fazer a conta.

— E isso dá...

— Duzentos mil — disse Pieter, atrás da escrivaninha; ele falara de novo sem ser chamado. Dessa vez, o Führer não olhou para ele com raiva, e sim com satisfação.

Virando-se para os oficiais, ele sacudiu a cabeça, incrédulo.

— É isso mesmo? — perguntou.

— Sim, meu Führer — disse Himmler. — Aproximadamente.

— Extraordinário. Ralf, você consegue administrar duzentos mil prisioneiros?

O Obersturmbannführer concordou com a cabeça sem a menor hesitação.

— Terei muito orgulho de fazê-lo — ele disse.

— Isso é muito bom, cavalheiros — disse o Führer, meneando a cabeça em aprovação. — E quanto à segurança?

— Proponho dividir o campo em nove seções — disse Herr Bischoff. — Elas podem ser vistas na planta. Aqui, por exemplo, é o abrigo das mulheres. E aqui é o dos homens. Serão isolados por uma cerca de arame farpado...

— Arame farpado *eletrificado* — acrescentou Himmler.

— Sim, meu Reichsführer. Arame farpado eletrificado. Será impossível escapar. Ainda assim, caso o impossível aconteça, o campo todo será cercado por uma segunda cerca de arame farpado eletrificado. Tentar escapar será suicídio. Além disso, haverá postos de observação por todo lado.

Soldados ficarão posicionados neles, prontos para atirar em qualquer um que tentar fugir.

— E aqui? — perguntou o Führer, apontando para um lugar no topo do mapa. — O que é essa "sauna"?

— Proponho criar as câmaras de vapor aqui — explicou Herr Bischoff. — Para desinfetar as roupas dos prisioneiros. Quando eles chegarem, estarão cobertos de piolhos e outras pragas. Não queremos que doenças se espalhem pelo campo. Temos que pensar em nossos bravos soldados alemães.

— Compreendo — disse Hitler, seus olhos passeando pela planta do complexo, como se procurasse por algo específico.

— Cada uma será construída para parecer uma sala de chuveiros — explicou Himmler. — Mas não sairá água do encanamento.

Pieter levantou o rosto e franziu as sobrancelhas.

— Com licença, meu Reichsführer — ele disse.

— O que foi, Pieter? — perguntou Hitler, virando-se com um suspiro.

— Peço desculpas, mas devo ter ouvido errado — disse Pieter. — Pensei ter ouvido o senhor dizer que não sairá água dos chuveiros.

Os quatro homens olharam para o menino e, por um momento, ninguém respondeu.

— Sem interrupções, Pieter, por favor — disse o Führer, baixinho, dando-lhe as costas.

— Peço desculpas, meu Führer. Quero apenas evitar erros na minha transcrição para o Obersturmbannführer.

— Você não cometeu nenhum erro. Ralf, continue, por favor. E a capacidade?

— Começaremos com cerca de mil e quinhentos por dia. Dentro de doze meses, poderemos dobrar esse número.

— Excelente. O importante é que sejamos consistentes na rotatividade dos prisioneiros. Quando vencermos a guerra, o mundo que herdarmos precisa estar puro para servir aos nossos propósitos. Você criou uma obra-prima, Karl.

O arquiteto pareceu aliviado.

— Obrigado, meu Führer — ele disse.

— A última pergunta é: quando começaremos a construção?

— Com sua ordem, meu Führer, podemos começar o trabalho esta semana — respondeu Himmler. — E, se Ralf for tão bom quanto todos nós acreditamos que é, o campo estará operacional até outubro.

— Não se preocupe com isso, Heinrich — disse o Obersturmbannführer, com um sorriso amargo. — Se o campo não estiver pronto até essa data, podem me trancafiar ali como punição.

Pieter sentiu a mão começar a cansar com tanta escrita. Algo no tom de voz do Obersturmbannführer ativou uma memória em sua cabeça. Ele levantou o rosto para encarar o comandante do campo. Agora se lembrava de onde o conhecia. Tinham se encontrado seis anos antes, quando ele corria para o painel de chegadas e partidas em Mannheim, procurando pela plataforma onde estaria o trem com destino a Munique. O homem de uniforme que trombara com ele e pisara em seus dedos quando estava no chão. O homem que teria quebrado sua mão se a esposa e os filhos não tivessem surgido para levá-lo embora.

— Isso é excelente — respondeu o Führer, sorrindo e esfregando as mãos. — Uma grande empreitada, cavalheiros; talvez a maior da história do povo alemão. Heinrich, a ordem está dada. Inicie a construção do campo imediatamente. Karl, você fiscalizará a operação em pessoa.

— Como quiser, meu Führer.

O Obersturmbannführer fez a saudação e foi até Pieter, parando diante dele e olhando para baixo.

— Sim? — perguntou o menino.

— As anotações...

Pieter lhe entregou o bloco, no qual tentara transcrever tudo o que os quatro tinham dito. O Obersturmbannführer passou os olhos pelas páginas e então deu meia-volta, despediu-se de todos e saiu do aposento.

— Você também pode ir, Pieter — disse o Führer. — Vá brincar lá fora, se quiser.

— Voltarei ao meu quarto para estudar, meu Führer — respondeu ele, borbulhando por dentro ao ser tratado daquela maneira. Em um momento, era um confidente íntimo, que podia se sentar no assento mais importante do mundo e tomar notas sobre o projeto especial do Führer; no outro, era tratado como uma criança. Ora, ele podia ser jovem, mas pelo menos sabia que não fazia sentido construir uma sala de banho sem água.

12
A FESTA DE EVA

Katarina começou a trabalhar na papelaria do pai, em Berchtesgaden, logo após seu aniversário de quinze anos. Era 1944 e Pieter desceu a montanha para vê-la. Daquela vez tinha decidido não usar o uniforme da Juventude Hitlerista, do qual tinha tanto orgulho. Em vez disso, vestiu uma *lederhosen* até os joelhos, sapatos marrons, uma camisa branca e uma gravata escura. Sabia que, por algum motivo inexplicável, Katarina não gostava de uniformes, e não queria dar a ela nenhum motivo para desgosto.

Hesitou do lado de fora por quase uma hora, tentando reunir coragem para entrar. Por mais que a visse todo dia na escola, daquela vez era diferente. Ele tinha uma pergunta específica a fazer, e a ideia o enchia de ansiedade. Tinha pensado em perguntar no corredor da escola, num intervalo entre as aulas, mas havia sempre a chance de um colega interromper. Por isso, decidiu que aquela seria a melhor maneira.

Ele entrou na loja e a viu colocando cadernos com capa de couro em uma prateleira. Quando Katarina se virou, ele sentiu a familiar mistura de desejo e angústia que fazia seu estômago revirar. Queria desesperadamente que ela gostasse dele, mas tinha medo de isso ser impossível — no momento em que Katarina viu quem havia entrado, seu sorriso desapareceu e ela voltou ao trabalho, em silêncio.

— Boa tarde, Katarina — ele disse.

— Olá, Pieter — ela respondeu, sem se virar.

— Que dia bonito, não acha? Berchtesgaden fica bonita nessa época do ano. E você é bonita o ano todo. — Ele congelou e sacudiu a cabeça, sentindo a vermelhidão subir do pescoço para as bochechas. — Quer dizer, a cidade é bonita o ano todo. É um lugar muito bonito. Sempre que estou aqui, em Berchtesgaden, fico surpreso com a... com a...

— Com a beleza daqui? — sugeriu Katarina, colocando o último caderno na estante e se virando para ele com certa indiferença.

— Sim — ele respondeu, desanimado. Tinha se preparado tanto para aquela conversa e tudo ia de mal a pior.

— Posso ajudar com alguma coisa, Pieter? — ela perguntou.

— Sim, preciso de tinta e de penas para caneta-tinteiro, por favor.

— De que tipo? — perguntou Katarina, indo para trás do balcão e destrancando um dos armários de vidro.

— As melhores que tiver. São para o Führer em pessoa, Adolf Hitler!

— Ah, é mesmo — ela disse, com tão pouco entusiasmo quanto possível. — Você mora com o Führer em Berghof. Devia dizer isso mais vezes, para as pessoas não esquecerem.

Pieter franziu as sobrancelhas. Ficou surpreso com o comentário dela, pois achava que mencionava aquilo com certa frequência — na verdade, às vezes pensava que talvez fosse até melhor não falar tanto no assunto.

— E não me refiro à qualidade — ela continuou —, e sim ao tipo. Fina, média ou grossa. Se for para uma escrita mais delicada, pode ser a extrafina. Ou a Falcon. Ou a Sutab. Ou a Cors. Ou…

— Média — disse Pieter, que não gostava que o fizessem se sentir burro, supondo que aquela seria a escolha mais segura.

Katarina abriu uma caixa de madeira e levantou os olhos para ele.

— Quantas? — ela perguntou.

— Meia dúzia.

A menina concordou com a cabeça e começou a contá-las. Pieter se apoiou no balcão, tentando parecer despreocupado.

— Por favor, não coloque as mãos no vidro — ela disse. — Acabei de limpar.

— Claro, desculpe — ele respondeu, endireitando a postura. — Apesar de minhas mãos estarem sempre limpas. Afinal, sou um membro muito importante da Juventude Hitlerista, e temos orgulho da nossa higiene.

— Espere um pouco — disse Katarina, parando e olhando para ele, como se Pieter tivesse acabado de fazer uma grande revelação. — Você é membro da Juventude Hitlerista? Jura?

— Bom, sim — ele respondeu, surpreso. — Uso meu uniforme na escola todo dia.

— Ah, Pieter — ela disse, sacudindo a cabeça e suspirando.

— Você sabe que sou membro da Juventude Hitlerista! — ele disse, frustrado.

— E a tinta? — ela perguntou, abrindo os braços para indicar as canetas e os frascos no balcão de vidro à sua frente.

— Tinta?

— Sim, você falou que queria comprar tinta.

— Ah, claro — disse Pieter. — Seis vidros, por favor.

— Que cor?

— Quatro pretos e dois vermelhos.

Ele olhou para trás quando o sininho da porta tocou e um homem entrou carregando três grandes caixas de produtos para o estoque. Katarina assinou um papel e conversou com ele de um jeito mais amigável do que com Pieter.

— Mais canetas? — perguntou o menino quando estavam sozinhos outra vez, esforçando-se para ter assunto. Aquela história de conversar com meninas era muito mais complicada do que ele tinha imaginado.

— E papel. E outras coisas.

— Não tem ninguém para ajudar você? — ele perguntou conforme ela carregava as caixas para um canto e empilhava com cuidado.

— Tinha — ela respondeu, com calma, olhando em seus olhos. — Ruth, uma senhora muito bondosa, trabalhou aqui por quase vinte anos. Era como uma segunda mãe para mim. Mas ela não está mais em Berchtesgaden.

— Não? — perguntou Pieter, sentindo que caía numa armadilha. — Por quê? O que aconteceu com ela?

— Quem sabe? — disse Katarina. — Ela foi levada. O marido também. E os três filhos. E a esposa do filho. E os dois filhos deles. Nunca mais tivemos notícias. Ela gostava de caneta-tinteiro com ponta extrafina. Tinha bom gosto e sofisticação. Diferente de certas pessoas.

Pieter olhou pela janela. Sua irritação por ser tão desrespeitado se confundia com o desejo ardente que sentia por ela. Havia um menino que se sentava à frente dele na aula, Franz, que começara uma amizade com Gretchen Baffril; a escola toda estava em polvorosa porque eles tinham se beijado na hora do almoço na semana anterior. Outro garoto, Martin Rensing, convidara Lenya Halle para o casamento da irmã mais velha algumas semanas antes, e circulou uma fotografia dos dois dançando juntos na noite da festa. Como os outros conseguiam e para ele era tão difícil com Katarina? Pieter olhou pela janela e viu um menino e uma menina que não conhecia, da sua idade, caminhando juntos, rindo de algo. O menino agachou e fingiu ser um macaco, e ela caiu na risada. Eles pareciam confortáveis na companhia um do outro. Pieter não conseguia imaginar como seria ter aquilo.

— Judeus, imagino — ele disse, virando-se outra vez para Katarina e cuspindo as palavras, frustrado. — Essa tal de Ruth e a família. Não eram?

— Sim — disse Katarina. Ela se inclinou para a frente e ele reparou que o primeiro botão da blusa quase se abriu. Pieter imaginou que poderia olhar aquilo para sempre, o mundo em silêncio e imóvel ao seu redor, à espera de uma brisa leve e bem-vinda que abriria o tecido ainda mais.

— Você já quis conhecer a mansão Berghof? — ele perguntou depois de um momento, levantando os olhos e tentando ignorar a grosseria dela.

— O quê? — ela o encarou, espantada.

— Haverá uma festa em Berghof no fim de semana.

Uma festa de aniversário para Fräulein Braun, a amiga íntima do Führer. Muitas pessoas importantes estarão lá. Você gostaria de se afastar um pouco da sua vida tediosa e experimentar o entusiasmo de uma ocasião grandiosa como essa?

Katarina levantou uma sobrancelha e riu um pouco.

— Acho melhor não — ela disse.

— Seu pai pode vir conosco, se esse for o problema. Para ser tudo apropriado.

— Não — ela respondeu, sacudindo a cabeça. — Eu não quero ir, só isso. Mas obrigada pelo convite.

— Seu pai pode ir para onde? — perguntou Herr Holzmann, que surgiu de uma sala nos fundos, limpando as mãos num pano e deixando nele uma mancha preta de tinta. Ele parou ao reconhecer Pieter; havia poucas pessoas em Berchtesgaden que não sabiam quem ele era. — Boa tarde — disse, endireitando a postura e estufando o peito.

— Heil Hitler! — bradou Pieter, batendo os calcanhares e fazendo a saudação de sempre.

Katarina deu um pulo de susto e pôs a mão no peito. Herr Holzmann tentou uma saudação similar, mas saiu bem menos profissional que a do menino.

— Aqui estão suas penas e sua tinta — disse Katarina, entregando o pacote. Pieter contou o dinheiro. — Até logo.

— Seu pai pode ir aonde? — repetiu Herr Holzmann, agora ao lado da filha.

— O Oberscharführer Fischer me convidou — disse Katarina, com um suspiro —, ou melhor, convidou nós dois, para uma festa em Berghof, no sábado. Um aniversário.

— Do Führer? — perguntou o pai, com os olhos arregalados.

— Não — respondeu Pieter. — Da amiga dele, Fräulein Braun.

— Pois ficaríamos honrados! — exaltou-se Herr Holzmann.

— É claro que *o senhor* ficaria honrado — disse Katarina. — Não consegue mais pensar por conta própria.

— Katarina! — ele respondeu, franzindo o cenho antes de se dirigir a Pieter. — Perdoe minha filha, Oberscharführer. Ela fala antes de pensar.

— Pelo menos *eu* ainda penso. Ao contrário do senhor. Quando foi a última vez que teve uma opinião própria, e não imposta por...

— *Katarina*! — ele rugiu dessa vez, o rosto enrubescendo. — Trate de falar de maneira respeitosa, ou vá para seu quarto. Sinto muito, Oberscharführer, minha filha está numa idade difícil.

— Ele tem a mesma idade que eu — Katarina murmurou, e Pieter ficou surpreso ao notar que ela tremia.

— Teremos prazer em comparecer à festa — disse Herr Holzmann, curvando a cabeça de leve, em gratidão.

— Papai, não podemos ir. Precisamos pensar na loja. E nos clientes. E o senhor sabe como eu me sinto em relação a...

— Não se preocupe com a loja — disse o pai, elevando o tom de voz. — Ou com os clientes. Ou com qualquer outra coisa. Katarina, o convite do Oberscharführer é uma grande honra para nós. — Ele se virou para Pieter. — A que horas devemos comparecer?

— Qualquer horário, a partir das quatro — respondeu Pieter, um tanto decepcionado que o pai iria também. Ele teria preferido que Katarina fosse sozinha.

— Estaremos lá. E, por favor, pegue seu dinheiro de volta. Os itens para o Führer são um presente meu.

— Obrigado — disse Pieter, sorrindo. — Vejo vocês em breve. Mal posso esperar. Até logo, Katarina.

Do lado de fora, ele respirou fundo, aliviado com o fim daquela conversa. Então embolsou o dinheiro devolvido por Herr Holzmann; ninguém precisava saber que ele não tinha pagado pelos materiais, afinal.

No dia da festa, a mansão Berghof estava repleta de alguns dos membros mais importantes do Reich, mas a maioria parecia mais interessada em ficar fora do caminho do Führer do que em celebrar o aniversário de Eva. Hitler passara boa parte da manhã trancafiado em seu escritório com o Reichsführer Himmler e com o ministro da Propaganda, Joseph Goebbels; pelo volume da gritaria atrás da porta, Pieter soube que ele não estava nada feliz. O menino tinha lido nos jornais que a guerra não ia bem. A Itália tinha mudado de lado. O *Scharnhorst*, um dos navios mais importantes da Kriegsmarine, tinha sido afundado no Cabo Norte. E, nas semanas anteriores, os ingleses tinham bombardeado Berlim várias vezes. Agora, com o início da festa, os oficiais pareciam aliviados de estar do lado de fora da casa, socializando, em vez de precisar se defender de um Führer tempestuoso lá dentro.

Himmler observava os outros convidados através de pequenos óculos redondos, dando mordidinhas na comida, como um rato. Ele analisava todo mundo, em especial aqueles que conversavam com o Führer, como se estivesse convencido de que falavam dele. Goebbels se deitou em uma espreguiçadeira na varanda, de óculos escuros, o rosto virado para o sol. Para Pieter, ele parecia um esqueleto com pele. Herr Speer, que visitara Berghof várias vezes no passado com planos para remodelar Berlim no pós-guerra, aparentava querer estar em qualquer outro lugar do mundo que não ali. O clima era tenso, e sempre que Pieter olhava para Hitler via um homem trêmulo, à beira de perder a cabeça.

Mesmo com tudo isso, o menino ficou de olho na estrada que cortava a montanha, esperando que Katarina chegasse. Porém, a hora combinada chegou e passou sem nenhum sinal dela. Ele tinha vestido um uniforme novo e usava a loção pós-barba que roubara do quarto de Kempka, esperando que fosse o bastante para impressioná-la.

Eva ia de grupo em grupo, ansiosa, aceitando os parabéns e os presentes. Como de costume, ela praticamente ignorava Pieter, que a presenteara com uma cópia de *A montanha mágica*, comprada com suas escassas economias.

— Que gentil — ela disse, colocando o livro em uma mesa de canto e se afastando. O menino imaginou que, mais cedo ou mais tarde, Herta pegaria o livro intocado e guardaria numa prateleira da biblioteca.

Entre prestar atenção na estrada e observar a festa, o que mais despertou o interesse de Pieter foi uma mulher que andava para lá e para cá com uma câmera filmadora, apontando-a na direção dos convidados e pedindo que dissessem algumas palavras. Não importava quão falantes eles estivessem antes: quando ela aparecia, todos ficavam constrangidos e pareciam não querer ser filmados, desviando o rosto ou cobrindo-o com a mão. Às vezes, ela filmava a casa ou a montanha. Pieter ficou intrigado. Em determinado momento, ela se enfiou em uma conversa entre Goebbels e Himmler, que pararam de falar no mesmo instante e se viraram para encará-la em silêncio, o que a fez dar meia--volta e se afastar. Ao ver o menino sozinho, observando a estrada que descia a montanha, a mulher foi se juntar a ele.

— Você não está pensando em pular, está? — ela perguntou.

— Claro que não — disse Pieter. — Por que eu pensaria numa coisa dessas?

— Foi uma piada — ela disse. — Você está muito elegante com essa fantasia.

— Não é uma fantasia — ele respondeu, irritado. — É um uniforme.

— Estou brincando — ela disse. — Qual é seu nome?

— Pieter. E o seu?

— Leni.

— O que você está fazendo com essa coisa? — ele perguntou, apontando para a câmera.

— Um filme.

— Para quem?

— Para quem quiser ver.

— Imagino que você seja casada com um deles — ele perguntou, indicando os oficiais com um movimento da cabeça.

— Não — ela respondeu. — Eles não se interessam por ninguém além deles mesmos.

Pieter franziu as sobrancelhas.

— Então onde está seu marido? — ele perguntou.

— Não tenho um. Por quê? Quer me pedir em casamento?

— Claro que não.

— Bom, você é novo demais para mim. Quantos anos tem, catorze?

— Quinze — ele respondeu, raivoso. — E não ia pedir você em casamento, só fiz uma pergunta.

— Pois saiba que vou me casar no fim do mês.

Pieter não disse nada e desviou o rosto para observar a estrada.

— O que há de tão interessante lá embaixo? — perguntou Leni, olhando na mesma direção. — Está esperando alguém?

— Não — ele disse. — Quem eu esperaria? Todas as pessoas importantes já estão aqui.

— Me deixa filmar você?

Ele fez "não" com a cabeça.

— Sou um soldado, não um ator.

— Bom, no momento, você não é nenhum dos dois — ela disse. — É apenas um menino de uniforme. Mas é bonito. Vai ficar bem no filme.

Pieter a encarou. Não estava acostumado a que falassem com ele daquela maneira, e não gostava daquilo. Ela não entendia sua importância? O menino abriu a boca para falar, mas um carro fez a curva final da estrada e veio em sua direção. Ele começou a sorrir quando viu quem era, então tornou sua expressão séria.

— Agora entendi o que você estava esperando — disse Leni, levantando a câmera e filmando o carro se aproximar. — Ou melhor, *quem* você estava esperando.

Pieter sentiu vontade de arrancar a câmera das mãos dela e jogar pela encosta do Obersalzberg. Em vez disso, alisou o casaco para ter certeza de que estava bem arrumado e foi receber os convidados.

— Herr Holzmann — ele disse, com uma reverência educada. — Katarina. Estou muito contente por terem vindo. Sejam bem-vindos a Berghof.

Mais tarde, quando Pieter se deu conta de que não via Katarina havia algum tempo, ele entrou na casa, onde a encontrou examinando as pinturas nas paredes.

O decorrer da tarde não tinha sido nada proveitoso. Herr Holzmann fez o melhor que pôde para conversar com os oficiais nazistas, mas era um homem sem sofisticação; Pieter sabia que todos riam de suas tentativas de se integrar. Ele parecia ter medo do Führer, mantendo-se tão longe quanto possível. Aquilo irritou Pieter, que não conseguia entender como um adulto tinha coragem de ir a uma festa para se comportar feito criança.

A conversa com Katarina foi mais difícil do que nunca. Ela se recusava até mesmo a fingir satisfação por estar ali. Era óbvio que queria ir embora assim que possível. Ao ser apresentada para o Führer, a menina se comportara de maneira respeitosa, mas sem nada do espanto e da admiração que Pieter esperaria.

— Então você é a namorada do jovem Pieter? — perguntou Hitler, sorrindo de leve ao olhá-la de cima a baixo.

— Não — ela respondeu. — Estudamos juntos, só isso.

— Mas veja como ele está apaixonado — disse Eva, aproximando-se, pronta para provocar o menino. — Não imaginávamos que Pieter já se interessasse por meninas.

— Katarina é só uma amiga — respondeu Pieter, enrubescido de vergonha.

— Não sou nem isso — ela disse, com um sorriso doce.

— Ah, você diz isso agora — respondeu o Führer —,

mas vejo uma faísca entre vocês. Não vai demorar para que se acenda. Talvez seja a futura Frau Fischer, quem sabe?

Katarina não disse nada, mas pareceu pronta para explodir de raiva. Quando o Führer e Eva se afastaram, Pieter tentou conversar com ela sobre os outros jovens de Berchtesgaden, mas ela não fez nenhum comentário, como se preferisse evitar que soubesse sua opinião sobre eles. Quando o menino perguntou de que batalha da guerra ela mais gostava até então, Katarina o encarou como se ele tivesse enlouquecido.

— Aquela em que morreu menos gente — ela disse.

A tarde progredira assim. Ele, dedicando-se ao máximo para aprofundar o relacionamento; ela, rejeitando cada tentativa. Talvez fosse por haver tanta gente no jardim, Pieter disse a si mesmo. Sozinhos, dentro da casa, ele esperava que ela fosse um pouco mais receptiva.

— Está gostando da festa? — Pieter perguntou.

— Acho que nenhum dos convidados está — ela respondeu.

Ele olhou de relance para a pintura que Katarina examinava.

— Não sabia que você se interessava por arte — ele comentou.

— Bom, eu me interesso.

— Então essa obra deve te agradar muito.

— É terrível — disse Katarina, sacudindo a cabeça e olhando para as outras pinturas no entorno. — Todas são. Eu imaginava que um homem com o poder do Führer escolheria coisas um pouco melhores dos museus.

Pieter arregalou os olhos, horrorizado com o comentário. Ele apontou para a assinatura do artista no canto inferior direito do quadro.

— Ah — ela disse, um pouquinho arrependida, talvez até amedrontada. — Bom, não importa quem pintou. São péssimas mesmo assim.

Ele a pegou pelo braço com agressividade e a puxou pelo corredor até entrarem em seu quarto, então bateu a porta atrás de si.

— O que você está fazendo? — ela perguntou, soltando-se.

— Protegendo você — ele respondeu. — Não pode dizer coisas assim nesta casa, entende? Vai ter problemas.

— Ora, eu não sabia que *ele* tinha pintado aqueles quadros — ela disse, jogando as mãos para cima.

— Agora você sabe. Portanto, daqui para a frente, fique de boca fechada até saber do que está falando. E pare de me menosprezar. Eu a convidei para vir aqui, um lugar que uma menina como você jamais visitaria normalmente. Demonstre um pouco de respeito.

Ela o encarou e ele percebeu um medo crescente atrás de seus olhos, algo que Katarina se esforçava ao máximo para controlar. Pieter não sabia se achava aquilo bom ou ruim.

— Não fale comigo desse jeito — ela disse, baixinho.

— Desculpe — respondeu Pieter, aproximando-se dela. — É que eu gosto de você, só isso. E não quero que nada de ruim aconteça.

— Você nem me conhece.

— Conheço você faz anos!

— Você não sabe nada sobre mim.

Ele suspirou.

— Talvez não — o menino respondeu. — Mas eu gostaria de mudar isso. Se você permitir.

Ele estendeu a mão e passou o dedo na bochecha de Katarina, que deu um passo para trás, encostando-se na parede.

— Você é tão bonita — ele sussurrou, surpreso ao ouvir as palavras saírem de sua boca.

— Pare com isso, Pieter — ela disse, desviando o rosto.

— Mas por quê? — ele perguntou, aproximando-se e se inclinando sobre ela; o aroma de seu perfume era arrebatador. — É o que eu quero. — Ele usou a mão para virar o rosto dela em sua direção e se inclinou para beijá-la.

— Saia de cima de mim — ela disse, usando as duas mãos para empurrá-lo. Pieter tropeçou para trás, uma expressão de espanto em seu rosto enquanto enroscava o pé em uma cadeira e caía no chão.

— O quê? — ele perguntou, surpreso e confuso.

— Mantenha suas mãos longe de mim, ouviu? — Ela abriu a porta, mas não saiu, virando-se para ver Pieter enquanto ele se levantava. — Nada nesse mundo me faria querer beijar você.

Ele sacudiu a cabeça, incrédulo.

— Você não entende a honra que seria? — Pieter perguntou. — Não sabe como sou importante?

— Claro que sei — ela respondeu. — Você é o moleque de *lederhosen* que vai comprar tinta para a caneta do Führer. Eu jamais poderia subestimar seu valor.

— Eu sou mais que isso — rosnou Pieter, levantando-se e indo até ela. — Você só precisa me deixar demonstrar.

Ele tentou tocá-la outra vez, mas Katarina lhe acertou um tapa forte no rosto; o anel dela arranhou a pele de Pieter, o que resultou em sangue. O menino gritou e pôs a mão na bochecha, olhando para ela com fúria. Então avançou sobre Katarina, empurrando-a contra a parede e a prendendo.

— Quem você pensa que é? — ele perguntou, o rosto muito perto do dela. — Acha que pode me rejeitar? A maioria das meninas da Alemanha mataria para estar no seu lugar neste momento.

Ele se inclinou para tentar beijá-la de novo; dessa vez, Katarina não conseguiu desviar. Ela se debateu e tentou afastá-lo, mas, com o corpo em cima dela, ele era forte demais. A mão esquerda de Pieter percorreu o corpo da menina, apalpando-a por cima do vestido. Ela tentou gritar para pedir ajuda, mas a mão direita dele cobriu sua boca, silenciando-a. Ele a sentiu enfraquecer e soube que seria incapaz de resistir por muito mais tempo — então ele poderia fazer o que quisesse. Uma voz distante em sua cabeça pediu para ele parar. Outra, mais alta e mais próxima, disse que devia fazer o que bem entendesse.

Uma força veio do nada e derrubou Pieter no chão outra vez; antes de ele se dar conta do que estava acontecendo, viu-se de barriga para baixo, com alguém ajoelhado em suas costas, apertando a lâmina afiada de uma faca contra sua garganta. Ele tentou engolir, mas sentiu o metal contra a pele e não quis arriscar.

— Se você encostar mais um dedo nessa moça — sussurrou Emma —, corto sua garganta, de orelha a orelha. Não me importo com o que aconteceria comigo depois. Você entendeu, Pieter? — Ele não disse nada e olhou para cima, da mulher para a menina e então de volta para a mulher. — Diga que entendeu, Pieter. Diga agora, ou eu juro que...

— Sim, eu entendi — ele sibilou. A cozinheira se levantou, largando-o no chão. Pieter esfregou a garganta e conferiu os dedos, à procura de sangue. Olhou para cima, humilhado, o rosto tomado de ódio. — Você cometeu um erro grave, Emma — ele disse, baixinho.

— Não duvido — ela disse. — Mas nem se compara ao erro que sua pobre tia cometeu no dia que decidiu cuidar de você. — Seu rosto se suavizou por um instante e a cozinheira olhou para ele. — O que aconteceu com você, Pierrot? Era um menino tão doce quando chegou. É fácil assim corromper os inocentes?

Pieter não respondeu. Ele queria xingá-la, queria despejar sua fúria sobre ela — sobre as duas —, mas algo no jeito como olhava para ele, a mistura de piedade e desprezo em sua expressão, trouxe à mente quem ele tinha sido no passado. Katarina começou a chorar e Pieter desviou o rosto, desejando que elas o deixassem em paz. Não queria mais que olhassem para ele.

Ele se esforçou para ficar em pé depois de ouvir os passos se afastarem pelo corredor e Katarina dizer ao pai que era hora de ir embora. Em vez de voltar para a festa, Pieter fechou a porta do quarto e se deitou na cama, ainda um pouco trêmulo. Então, sem saber exatamente por quê, começou a chorar.

13
A ESCURIDÃO E A LUZ

A casa estava vazia e silenciosa.

Do lado de fora, as árvores que cobriam as montanhas do Obersalzberg voltavam à vida. Pieter andava pela área, jogando de uma mão para a outra a antiga bolinha de Blondi, pensando que seria difícil existir tanta serenidade ali em cima, enquanto o mundo lá embaixo — que passara quase seis anos sendo brutalizado e despedaçado — estava nos últimos espasmos de mais uma guerra.

Ele completara dezesseis anos havia dois meses e teve permissão para trocar o uniforme da Juventude Hitlerista pelas vestes esverdeadas de soldado raso, apesar de nunca ter sido incluído em um batalhão. Sempre que pedia, o Führer dizia que Pieter era ocupado demais para aquilo. O garoto passara mais da metade de sua vida em Berghof. Às vezes tentava pensar nas pessoas que conhecera em Paris durante a infância, mas era difícil se lembrar até mesmo de nomes e rostos.

Todo esse tempo tinha ouvido boatos sobre o que estava acontecendo com os judeus pela Europa. Pieter não sabia se Anshel estava vivo ou morto, se a mãe dele havia conseguido escondê-los, se D'Artagnan tinha ido com eles.

Pensar no cachorro o fez jogar a bola montanha abaixo. Pieter observou o objeto fazer um arco no ar antes de desaparecer num amontoado de árvores à distância.

Ao observar a estrada, ele se lembrou da noite em que tinha chegado àquele lugar, assustado e solitário. Beatrix e Ernst o levaram à sua nova casa, tentando convencê-lo de que ficaria seguro ali, de que seria feliz. Pieter fechou os olhos e sacudiu a cabeça, como se a memória do que tinha acontecido, de como os havia traído, pudesse ser esquecida. Começava a se dar conta de que não era tão simples assim.

Houve outros, claro. Emma, a cozinheira que não lhe oferecera nada além de bondade em seus primeiros anos em Berghof, mas cuja ofensa na festa de Eva Braun teve que ser punida. Ele foi conversar com o Führer sobre o que ela tinha feito, diminuindo suas próprias atitudes na tarde em questão, exagerando as coisas ditas por ela, para que soasse como uma traidora. Ela foi levada pelos soldados no dia seguinte, sem ter tempo nem de recolher os pertences. Pieter não sabia para onde. A mulher chorou ao ser conduzida para o carro, e ele a viu pela última vez sentada no banco de trás, a cabeça enterrada nas mãos. Ange partiu logo depois, por vontade própria. Apenas Herta ficou.

Os Holzmann, eles tinham sido forçados a deixar Berchtesgaden. A papelaria que o pai de Katarina mantivera por tantos anos foi fechada e vendida. Pieter soube disso numa visita à cidade, durante a qual acabou diante da porta da loja, cujas janelas estavam cobertas por tábuas de madeira; uma placa na frente dizia que o lugar se tornaria uma mercearia. Ele perguntou à senhora da loja ao lado o que tinha acontecido com a família. Ela olhou para ele e sacudiu a cabeça.

— Você é o rapaz que mora lá em cima, não é? — ela perguntou, indicando as montanhas com a cabeça.

— Sim, isso mesmo — ele respondeu.

— Então *você* foi o que aconteceu com eles — ela disse, sem nenhum traço de medo.

Pieter ficou envergonhado demais para responder e saiu sem dizer nem uma palavra. Estava sufocado pelo arrependimento, mas não tinha ninguém com quem conversar. Apesar da mágoa, ele nutria a esperança de que Katarina escutasse suas desculpas — se ela permitisse, ele contaria sobre a vida que tinha vivido até então, as coisas que havia visto e feito. Assim, quem sabe, talvez encontrasse algum tipo de perdão.

Mas agora aquilo seria impossível.

Dois meses antes, o Führer estivera em Berghof pela última vez, uma mera sombra do homem que já tinha sido. A autoconfiança suprema, o poder de comando, a crença absoluta em seu próprio destino e no do país haviam desaparecido. Ele se mostrou paranoico e raivoso, trêmulo. Andava murmurando sozinho pelos corredores e o menor barulho era suficiente para provocar sua ira. Em uma ocasião, destruiu praticamente tudo em seu escritório; em outra, deu um tapa com as costas da mão no rosto de Pieter quando o menino foi perguntar se ele precisava de alguma coisa. Ficava acordado até tarde da noite, lamuriando-se, xingando seus generais, xingando os ingleses e os americanos, xingando todos aqueles que julgava terem sido responsáveis por sua queda — exceto ele mesmo.

Não houve despedida. Certa manhã, um grupo de oficiais da Schutzstaffel apareceu e se trancou com o Führer no escritório para uma longa discussão. Depois ele saiu, praguejando, enfurecido; sentou-se no banco traseiro do carro e gritou para Kempka levá-lo embora, para qualquer lugar, para longe do alto da montanha de uma vez por todas. Eva foi forçada a correr enquanto o carro manobrava; Pieter a viu perseguindo o veículo montanha abaixo, gritando e agitando os braços, o vestido azul sacudindo no vento.

Não muito tempo depois, os soldados também foram embora. Sobrou apenas Herta. Então, certa manhã, Pieter a encontrou fazendo as malas.

— Para onde você vai? — ele perguntou, parado na porta do quarto dela. A mulher se virou para vê-lo e deu de ombros.

— Vou voltar para Viena — ela disse. — Minha mãe ainda mora lá. Ou, pelo menos, acho que mora. Não sei se os trens estão funcionando, mas vou dar um jeito.

— O que você dirá a ela?

— Nada. Nunca falarei deste lugar, Pieter, e seria sábio da sua parte fazer o mesmo. Vá embora agora, antes que o exército chegue. Você ainda é jovem. Ninguém precisa saber as coisas terríveis que fez. Que todos nós fizemos.

Ele sentiu as palavras como um tiro no coração; mal conseguiu acreditar na convicção absoluta no rosto dela ao condenar os dois. Quando passou ao lado de Pieter, ele a segurou pelo braço e sussurrou, lembrando-se da noite em que a conheceu, nove anos antes, quando teve pavor da possibilidade de ser visto nu.

— Haverá perdão, Herta? — ele perguntou. — Os jornais... As coisas que estão dizendo... Haverá perdão para mim?

Devagar, ela tirou a mão de Pieter de seu cotovelo.

— Você acha que eu não sabia dos planos que estavam sendo criados aqui no alto da montanha? — ela disse. — Das coisas discutidas no escritório do Führer? Não haverá perdão para nenhum de nós.

— Mas eu era só uma criança — suplicou Pieter. — Não sabia de nada. Eu não entendia.

Ela sacudiu a cabeça e segurou o rosto dele com as duas mãos.

— Olhe para mim, Pieter. Olhe para mim.

Ele levantou os olhos cheios de lágrimas.

— Não finja que não sabia o que estava acontecendo aqui — disse Herta. — Você tem olhos, tem orelhas. E esteve naquele escritório inúmeras vezes, tomando notas. Você ouviu tudo. Viu tudo. Sabia de tudo. E sabe também das coisas pelas quais foi responsável. — Herta hesitou, mas era algo que precisava ser dito. — As mortes que carrega na consciência. Você ainda é jovem, tem só dezesseis anos. Tem muitos anos pela frente para ficar em paz com sua cumplicidade no que foi feito. Mas jamais convença a si mesmo de que não sabia. — Ela soltou o rosto dele. — Seria o pior crime de todos.

Herta pegou a mala e foi para a porta da frente. Ele a viu emoldurada pela luz do sol que passava pelas árvores.

— Como você vai descer? — ele berrou, desejando que ela não o deixasse sozinho. — Não há mais ninguém. Nenhum carro para levar você.

— Vou andando — ela disse, dando-lhe as costas e desaparecendo de vista.

* * *

Os jornais continuaram chegando, pois os distribuidores locais tinham medo de Hitler voltar e descontar toda a sua insatisfação neles. Alguns acreditavam que a guerra ainda podia ser ganha, mas havia outros que estavam prontos para encarar a realidade. No vilarejo, Pieter ouviu rumores de que o Führer e Eva tinham se mudado para uma casamata secreta em Berlim, com os membros mais importantes do Partido Nacional-Socialista, e tramavam um retorno, fazendo planos mirabolantes para emergir mais fortes do que nunca e alcançar a vitória. Algumas pessoas acreditaram nisso, outras não. De qualquer forma, os jornais continuaram a ser entregues.

Ao ver os últimos soldados se preparando para deixar Berchtesgaden, Pieter foi perguntar o que deveria fazer, para onde deveria ir.

— Você está de uniforme, não está? — disse um deles, olhando-o de cima a baixo. — Por que não faz jus à farda, para variar?

— Ele não luta — disse o colega. — Só gosta de brincar de soldado.

Eles riram e o carro se afastou. Ele sentiu que sua humilhação estava completa.

O menino que tinha sido levado para a montanha usando roupas de criança começou a subi-la uma última vez.

Ficou ali, sem saber o que fazer. Pelos jornais, acompanhou a chegada dos Aliados ao coração da Alemanha e se perguntou quando o inimigo iria até ele. Alguns dias antes do fim do mês, um avião inglês passou pelo céu, um bombardeiro Lancaster, lançando duas bombas na encosta do

Obersalzberg e por pouco não atingindo Berghof, mas causando impacto suficiente para estilhaçar a maioria das janelas. Pieter tinha se escondido dentro da casa, no escritório do Führer. Quando o vidro explodiu à sua volta, centenas de pequenos cacos voaram na direção de seu rosto e ele se jogou no chão, amedrontado e gritando. Somente quando o ruído do avião sumiu ele se sentiu seguro o suficiente para se levantar e ir ao banheiro, onde foi recebido pela própria imagem ensanguentada no espelho. Passou o resto da tarde tentando remover o máximo de vidro possível, temendo que as cicatrizes nunca desaparecessem.

O último jornal chegou em 2 de maio, e a manchete na primeira página contou tudo que ele precisava saber. O Führer estava morto. Goebbels também, aquele terrível homem esquelético, assim como a esposa e os filhos. Eva tinha mordido uma cápsula de cianureto; Hitler atirara na própria cabeça. O pior foi saber que o Führer tinha decidido testar o cianureto antes para garantir o funcionamento — a última coisa que queria era Eva agonizando ao ser capturada pelo inimigo. Ele desejava que ela partisse rápido e sem sofrimento.

Por isso, o Führer deu uma cápsula para Blondi. Funcionou com rapidez e eficiência.

Pieter não sentiu quase nada ao ler o jornal. Foi para o lado de fora de Berghof e observou a paisagem que o cercava. Olhou na direção de Berchtesgaden, e então na de Munique, lembrando-se da viagem de trem na qual encontrara membros da Juventude Hitlerista pela primeira vez. Por fim, seus olhos se viraram na direção de Paris, sua cidade natal, um lugar que desonrara em seu desejo de ser importante. Ele se deu conta de que não era mais francês. Tampouco alemão. Não era nada. Não tinha lar nem família — e não merecia nenhum dos dois.

Pensou que talvez pudesse morar ali para sempre. Esconder-se na montanha, como um ermitão. Comer o que encontrasse na floresta. Talvez nunca mais precisasse ver outro ser humano. Que seguissem todos com a vida lá embaixo, ele pensou. Que continuassem com suas brigas e suas guerras e seus tiroteios e suas matanças. Mas que o deixassem fora daquilo. Ele nunca mais precisaria falar. Nunca mais precisaria se explicar. Ninguém olharia em seus olhos e veria as coisas que ele tinha feito, ou a pessoa que tinha se tornado.

Por uma tarde, aquela ideia pareceu boa.

E então os soldados chegaram.

Foi em 4 de maio; Pieter recolhia pedregulhos da entrada. O silêncio do Obersalzberg foi, aos poucos, invadido por um som grave que escalou a montanha até ele. Conforme o ruído ficou mais alto, o jovem olhou encosta abaixo, por onde um grupo de soldados subia. Soldados com uniformes americanos, não alemães. Estavam indo buscá-lo.

Ele pensou em fugir pela floresta, mas não adiantaria nada correr, e não havia nenhum destino à sua espera. Pieter não tinha escolha. Esperaria.

Voltou para dentro da casa e se sentou na sala. Porém, conforme os homens se aproximaram, ele ficou com medo e foi para o corredor, em busca de um lugar para se esconder. Havia um pequeno armário no canto, quase pequeno demais para abrigá-lo, mas Pieter entrou e fechou a porta atrás de si. Uma cordinha estava pendurada logo acima de sua cabeça e ele a puxou, acendendo uma luz e iluminando o espaço. Espanadores velhos e panos de limpeza, nada mais. Algo cutucava suas costas e ele procurou para ver o que era. Ao puxar o objeto, surpreendeu-se ao ver um livro jogado ali, e então o virou para ler o título. *Emil e os detetives*.

Ele puxou a cordinha outra vez, condenando-se à escuridão.

Agora a casa estava cheia de vozes e ele ouviu as botas dos soldados entrando na sala. Falavam entre si em uma língua que Pieter não entendia, rindo e comemorando ao conferir seu quarto, o quarto do Führer, os quartos das criadas. O quarto que fora de tia Beatrix. Ele ouviu garrafas sendo abertas, rolhas sendo estouradas. E então ouviu dois pares de botas seguirem pelo corredor na sua direção. Antes que Pieter pudesse levantar a mão para segurar a porta, o armário foi aberto e uma explosão de luz o forçou a fechar os olhos.

Os soldados berraram e ele ouviu as armas sendo engatilhadas conforme eram apontadas na sua direção. Ele gritou também e, num piscar de olhos, havia quatro, seis, dez, uma dúzia, um batalhão inteiro de soldados ali, apontando para o menino escondido no escuro.

— Não me machuquem — implorou Pieter, fechando-se em posição fetal, cobrindo a cabeça com as mãos, desejando ardentemente diminuir até desaparecer. — Por favor, não me machuquem.

Antes que ele pudesse repetir, um número infinito de mãos entrou na escuridão e o puxou para fora, de volta para a luz.

EPÍLOGO

14

UM MENINO SEM LAR

Depois de tantos anos em isolamento quase completo no alto do Obersalzberg, Pieter sofreu para se adaptar à vida no campo Golden Mile, perto de Remagen, para onde foi levado logo após a captura. Quando chegou, disseram que ele não era um prisioneiro de guerra, pois o conflito estava oficialmente terminado; em vez disso, fazia parte de um grupo conhecido como "forças inimigas rendidas".

— Qual é a diferença? — perguntou um homem perto dele, na fila.

— Não precisamos seguir as Convenções de Genebra — respondeu um dos soldados americanos, cuspindo no chão enquanto tirava um maço de cigarros do bolso da jaqueta. — Aqui não é um acampamento de férias, Fritz.

Encarcerado com duzentos e cinquenta mil soldados alemães, Pieter decidiu, ao passar pelos portões, que não falaria com ninguém; usaria apenas a linguagem de sinais da sua infância — o pouco que lembrava —, para fingir que era surdo. A farsa funcionou tão bem que, em pouco tempo, ninguém mais olhava para ele, muito menos lhe dirigia a palavra. Era como se não existisse — exatamente como Pieter queria.

Havia mais de mil homens na sua ala, desde oficiais da Wehrmacht, ainda com autoridade nominal sobre seus subordinados, até membros da Juventude Hitlerista, inclusive alguns mais novos que Pieter. Os que aparentavam ser jovens demais foram soltos em poucos dias.

O alojamento onde ele dormia abrigava duzentos homens, que se amontoavam em camas de lona suficientes para apenas um quarto do total de prisioneiros. Na maioria das noites, Pieter tinha dificuldade para encontrar um espaço vazio onde pudesse se deitar, usando o casaco enrolado como travesseiro na esperança de conseguir dormir algumas horas.

Certos soldados, principalmente os de patente mais alta, foram interrogados sobre o que tinham feito durante a guerra. Pieter, por ter sido encontrado em Berghof, fora questionado muitas vezes; ele continuou a fingir que era surdo, escrevendo num papel a verdadeira história de como ele deixara Paris e ficara aos cuidados da tia. As autoridades mandaram vários oficiais diferentes para interrogá-lo, a fim de tentar encontrar discrepâncias na narrativa, mas, como ele sempre dizia a verdade, não puderam acusá-lo de nada.

— E sua tia? — perguntou um dos soldados. — Ela não estava em Berghof quando você foi encontrado. O que aconteceu com ela?

Pieter segurou a caneta em cima do papel, tentando estabilizar a mão trêmula. Ele escreveu que ela tinha morrido, mas foi incapaz de olhar nos olhos do homem ao passar o bloco.

De vez em quando havia brigas. Alguns tinham se tornado amargos com a derrota; outros eram mais estoicos. Certa tarde, um prisioneiro — que Pieter sabia ter sido membro da Luftwaffe graças ao quepe de lã cinza que usava — começou a criticar o Partido Nacional-Socialista, sem disfarçar seu ódio pelo Führer. Um oficial da Wehrmacht foi até ele e acertou seu rosto com uma luva, chamando-o de traidor e dizendo que era o motivo pelo qual a Alemanha tinha perdido a guerra. Os dois rolaram pelo chão por dez minutos, chutando e socando, enquanto os outros formaram um círculo em volta, torcendo e estimulando a briga, entusiasmados com a brutalidade, que acabou por se tornar um alívio para o tédio no Golden Mile. No fim, o soldado perdeu para o piloto, um resultado que dividiu o alojamento. Os ferimentos dos dois foram tão severos que, na manhã seguinte, ambos tinham desaparecido. Pieter nunca mais viu nenhum deles.

Certa tarde, o garoto passou perto das cozinhas quando nenhum guarda estava em vigília. Entrou sorrateiramente e roubou um pão, que levou de volta ao alojamento sob a camisa e comeu aos poucos ao longo do dia, o estômago grunhindo de alegria com a oferenda inesperada. Porém, ele mal tinha chegado à metade quando um Oberleutnant um pouco mais velho reparou no que fazia e quis roubar o alimento. Pieter tentou enfrentá-lo, mas o homem era forte demais; ele acabou por desistir e recuou para o canto, como um animal encurralado que reconhece a superioridade do rival.

Pieter tentou manter a cabeça livre de pensamentos. Vazio era o que ele buscava. Vazio. Amnésia.

Às vezes, jornais em inglês circulavam entre os alojamentos. Os prisioneiros que entendiam a língua traduziam, contando o que acontecia no país desde a rendição. Assim,

Pieter ouviu que o arquiteto Albert Speer tinha sido condenado à prisão. Leni Riefenstahl, a moça que o filmara na varanda de Berghof durante a festa de Eva, afirmara que não sabia de nada do que os nazistas estavam fazendo; mesmo assim, foi mantida em inúmeros campos de detenção franceses e americanos. O Obersturmbannführer que certa vez pisara na mão de Pierrot na estação de Mannheim e depois aparecera em Berghof com o braço engessado para assumir o comando de um dos campos de concentração tinha sido capturado pelos Aliados, sem oferecer nenhuma resistência. Pieter não ouviu nada sobre Herr Bischoff, que desenhara o campo no que tinha chamado de "zona de interesse", mas soube que os portões tinham sido abertos em Auschwitz, Bergen-Belsen e Dachau; em Buchenwald e Ravensbrück; ao leste, até Jasenovac, Croácia; ao norte, até Bredtvet, Noruega; e ao sul, até Sajmište, Sérvia. Os prisioneiros, depois de terem perdido pais, irmãos, irmãs, tios, tias e filhos, estavam livres para voltar às suas casas destruídas. Ele ouviu com atenção conforme os detalhes do que tinha acontecido naqueles campos eram revelados ao mundo e se sentiu cada vez mais anestesiado ao tentar entender a crueldade da qual tinha participado. Quando não conseguia dormir, o que acontecia com frequência, olhava para o teto e pensava: *Eu sou responsável.*

Então, certa manhã, Pieter foi solto. Cerca de quinhentos homens foram levados ao pátio, onde disseram que poderiam voltar para sua família. Todos ficaram espantados, como se suspeitassem de algum tipo de armadilha, e seguiram para o portão com nervosismo. Apenas quando estavam a dois ou três quilômetros de distância, com a certeza de que não estavam sendo seguidos, começaram a relaxar.

Nesse momento, olharam uns para os outros, confusos com a liberdade depois de tanto tempo de vida no Exército. *O que faremos agora?*, pareciam perguntar a si mesmos.

Pieter passou a maior parte dos anos seguintes como um nômade, encontrando as consequências devastadoras da guerra em lugares históricos e no rosto das pessoas. De Remagen, ele seguiu para o norte, na direção de Colônia, onde viu a extensão das ruínas causadas pelas bombas da Força Aérea Real. Para qualquer lado que olhasse, havia prédios semidestruídos e ruas intransponíveis, apesar de a grande catedral no coração de Domkloster, atingida inúmeras vezes, ter permanecido em pé. De lá, seguiu para o oeste, até a Antuérpia, onde conseguiu trabalho temporário no porto, morando em um quarto de sótão com vista para o rio Escalda.

Ele fez um amigo, o que era raro, pois os outros estivadores não se aproximavam. Era um jovem da idade dele chamado Daniel, que também parecia preferir a solidão. Mesmo com o calor, quando todos ficavam sem camisa, Daniel usava mangas compridas. Tiravam sarro dele, dizendo que, com aquela timidez, nunca encontraria uma namorada.

Às vezes, Pieter e Daniel comiam juntos ou saíam para beber. Nenhum dos dois mencionava sua experiência na guerra.

Certa vez, tarde da noite, em um bar, Daniel contou que aquele dia teria sido o aniversário de trinta anos de casamento de seus pais.

— Teria sido? — perguntou Pieter.

— Eles morreram — respondeu Daniel, baixinho.

— Sinto muito.

— Minhas irmãs também — confidenciou o rapaz, limpando uma sujeira invisível na mesa entre eles. — E meu irmão.

Pieter não disse nada, mas entendeu na mesma hora por que Daniel usava mangas compridas e se recusava a tirar a camisa. Debaixo da camisa, havia um número marcado na pele. Parecia impossível viver com a memória do que acontecera com sua família, mas Daniel era forçado a carregar aquele lembrete pela eternidade.

No dia seguinte, Pieter escreveu uma carta ao seu patrão, pedindo demissão do estaleiro, e partiu sem se despedir.

Pegou um trem para o norte, com destino a Amsterdam, onde morou por seis anos, tornando-se aprendiz de professor e conseguindo um emprego na escola perto da estação. Ele jamais falava sobre seu passado, fazia poucos amigos e passava a maior parte do tempo sozinho em seu quarto.

Numa tarde de domingo, passeando pelo Westerpark, ele parou para ouvir um músico de rua tocar violino sob uma árvore e foi transportado de volta à infância em Paris — para os dias despreocupados em que visitava o Jardim das Tulherias com o pai. Uma multidão tinha se reunido e, quando o músico parou para resinar as cordas do violino, uma jovem se aproximou e jogou algumas moedas no chapéu no chão. Ao dar meia-volta, ela olhou na direção de Pieter e, quando seus olhos se encontraram, ele sentiu o estômago se contorcer. Apesar de não terem visto um ao outro em muitos anos, no mesmo instante soube quem era, e ficou evidente que ela também o reconhecera. Na última vez que tinha visto aquela moça, ela fugia de seu quarto em

Berghof, aos prantos, o tecido da blusa rasgado no ombro onde ele a puxara antes de Emma jogá-lo no chão. Ela foi na direção dele, sem nenhum medo nos olhos, e parou à sua frente, ainda mais linda do que Pieter se lembrava. A moça não desviou o olhar, apenas o encarou, as palavras desnecessárias, até que ele não pôde suportar e baixou os olhos, envergonhado. Pieter torceu para ela ir embora, mas ela não foi. Ficou ali. Quando ele ousou levantar os olhos outra vez, a expressão no rosto dela era de um desprezo tão grande que ele quis desaparecer para sempre. Virando-se sem dizer uma palavra, Pieter foi embora.

Ele pediu demissão da escola no fim daquela semana, entendendo que o momento que adiara por tanto tempo tinha finalmente chegado.

Era hora de voltar para casa.

O primeiro lugar que Pieter visitou ao retornar para a França foi o orfanato em Orléans. O prédio tinha sido dominado pelos nazistas durante a Ocupação, e as crianças foram largadas à própria sorte conforme o local se tornou um centro de operações. Quando ficou evidente que a guerra terminaria, os nazistas fugiram, destruindo partes dele no processo, mas as paredes eram sólidas e a estrutura permaneceu em pé. Ainda assim, seria necessário muito dinheiro para reconstruir e ninguém tinha se voluntariado para recriar aquele antigo refúgio para crianças órfãs.

Pieter foi ao escritório onde tinha conhecido as irmãs Durand e procurou pelo armário de vidro que abrigara a medalha do irmão, mas não estava em parte alguma — muito menos as próprias irmãs.

No Departamento de Registros, Pieter descobriu que

Hugo, seu algoz no orfanato, tinha morrido como um herói. Na adolescência, fez parte da Resistência e realizou inúmeras missões perigosas, que salvaram a vida de milhares de pessoas, até que foi descoberto plantando uma bomba perto do orfanato onde ele mesmo tinha crescido, no dia em que um general alemão visitaria o lugar. Hugo foi encostado contra a parede, dizia o relatório, recusando-se a usar uma venda nos olhos. Ele queria encarar seus executores.

Pieter não conseguiu encontrar nada sobre Josette. Outra criança desaparecida na guerra, cujo destino jamais descobriria, ele pensou.

Pieter passou sua primeira noite em Paris escrevendo uma carta para uma senhora que vivia em Leipzig. Descreveu em detalhes suas ações naquela noite de Natal, quando era menino, e disse que, embora entendesse que não deveria esperar por perdão, queria que ela soubesse que seu arrependimento seria eterno.

Recebeu uma resposta simples e educada da irmã de Ernst, que disse ter ficado muito orgulhosa quando o irmão se tornara chofer de um homem tão importante quanto Adolf Hitler e que considerava sua tentativa de assassinar o Führer uma mancha no histórico honroso de sua família. *Você fez o que qualquer patriota teria feito*, ela escreveu. Pieter leu a carta com espanto, dando-se conta de que o tempo passaria, mas algumas pessoas continuariam as mesmas.

Certa tarde, algumas semanas depois, ele passou na frente de uma livraria em Montmartre e parou para ver um destaque na vitrine. Fazia muitos anos que não lia um romance — o último tinha sido *Emil e os detetives* —, mas algo naquele livro chamou sua atenção. Ele entrou para pegar uma cópia, virando-a para ver a fotografia do autor atrás.

Era Anshel Bronstein, seu amigo de infância. Pieter se lembrou de que ele queria ser escritor; ao que tudo indicava, sua ambição tinha se tornado realidade.

O rapaz comprou o livro e leu em duas noites antes de ir ao escritório da editora, onde explicou que era um velho amigo de Anshel e que gostaria de entrar em contato com ele. Forneceram seu endereço e informaram que era fácil encontrá-lo, porque Monsieur Bronstein passava todas as tardes em casa, escrevendo.

O apartamento não ficava longe, mas Pieter seguiu devagar, preocupado com a recepção que teria. Ele não sabia se Anshel ia querer saber a história da sua vida, se teria estômago para aquilo, mas sabia que precisava tentar. Afinal, tinha sido Pieter quem tinha deixado de responder às cartas. Ao bater à porta, ele não sabia nem se Anshel se lembraria dele.

Mas eu lembrava, claro, e o reconheci de imediato.

No geral, não gosto de gente batendo à porta quando estou trabalhando. Não é fácil escrever um romance; é preciso tempo e paciência, e ser distraído até mesmo por um momento pode causar a perda de um dia inteiro de trabalho. Naquela tarde, eu estava escrevendo uma cena importante e fiquei irritado com a interrupção, mas não foi preciso mais do que um segundo para reconhecer o homem à minha porta, ligeiramente trêmulo ao olhar para mim. Os anos tinham passado — e não foram gentis com nenhum de nós —, mas eu o teria reconhecido em qualquer lugar.

Pierrot, gesticulei, usando meus dedos para fazer o sinal do cachorro, bondoso e fiel.

Anshel, ele gesticulou em resposta, fazendo o sinal da raposa.

Ficamos olhando um para o outro pelo que pareceu muito tempo, então dei um passo para trás, abrindo a porta para convidá-lo a entrar. Ele se sentou à minha frente no escritório e olhou para as fotografias nas paredes. A fotografia de minha mãe, que me escondeu antes de ser levada pelos soldados, junto com outros judeus da nossa rua; na última vez que a vi, ela estava sendo jogada dentro de um caminhão. A fotografia de D'Artagnan, o cachorro dele, o meu cachorro; o cachorro que atacou um dos nazistas que capturaram minha mãe e foi baleado por sua coragem. A fotografia da família que me acolhera e me escondera, dizendo que eu era um deles, apesar de todos os problemas que isso lhes causou.

Pierrot ficou em silêncio por muito tempo, e decidi esperar até ele estar pronto. Então meu amigo disse que tinha uma história para contar; a história de um menino com o coração cheio de amor e decência, mas que acabou corrompido pelo poder. A história de um menino que cometeu crimes que carregaria para sempre; um menino que magoou aqueles que o amaram e que causou a morte de pessoas que não lhe demonstraram nada além de generosidade; que sacrificou seu direito ao próprio nome e que passou o resto da vida tentando reconquistá-lo. A história de um homem que procurou por alguma maneira de reparar as próprias ações e que jamais esqueceu as palavras de uma criada chamada Herta, que lhe dissera para nunca fingir que não sabia o que estava acontecendo; que essa mentira seria o pior crime de todos.

Você se lembra de quando éramos crianças?, ele me perguntou. *Assim como você, eu tinha histórias para contar, mas não conseguia colocar as palavras no papel. Eu tinha uma ideia, mas só você conseguia encontrar as palavras. Você me disse que, apesar de ser você o autor, a história ainda era minha.*

Eu lembro, respondi.

Acha que podemos ser crianças de novo?

Sacudi a cabeça e sorri. *Aconteceram coisas demais para isso ser possível*, eu disse. *Mas você pode me contar o que aconteceu após deixar Paris. E, depois disso, somente o futuro dirá.*

Essa história precisa de tempo para ser contada, disse Pierrot. *E, quando você ouvir o que tenho a dizer, talvez me odeie. Talvez queira até me matar. Mas vou contar tudo, e você pode fazer o que quiser com ela. Talvez a escreva. Ou talvez ache melhor que seja esquecida.*

Fui à escrivaninha e guardei o que estava escrevendo numa gaveta — era uma história banal, comparada àquela, e eu poderia retomá-la algum dia, depois de ouvir tudo o que ele tinha a dizer. E então, pegando um caderno novo no armário, eu me virei para meu velho amigo e usei a única voz que tive na vida — minhas mãos — para gesticular duas palavras simples, que eu sabia que ele entenderia.

Vamos começar.

AGRADECIMENTOS

Todos os livros que escrevo melhoram de maneira imensurável graças aos conselhos e ao apoio de amigos e colegas maravilhosos ao redor do mundo. Agradeço aos meus agentes Simon Trewin, Eric Simonoff, Annemarie Blumenhagen e a todos da WME; aos meus editores Annie Eaton e Natalie Doherty, da Random House Children's Publishers inglesa; a Laura Godwin, da Henry Holt norte-americana; a Kristin Cochrane, Martha Leonard e à incrível equipe da Random House canadense, e a todos que publicam meus livros pelo mundo.

Agradeço também a meu marido e melhor amigo, Con.

O final deste romance foi escrito na minha *alma mater*, a Universidade de East Anglia, em Norwich, durante o outono de 2014, onde dei aulas para mestrandos em escrita criativa. Por me lembrar de como é maravilhoso ser escritor e por me forçar a pensar em ficção de maneiras diferentes, agradeço a alguns dos grandes escritores do futuro: Anna Pook, Bikram Sharma, Emma Miller, Graham Rushe, Molly Morris, Rowan Whiteside, Tatiana Strauss e Zakia Uddin.

1ª EDIÇÃO [2016] 9 reimpressões

ESTA OBRA FOI COMPOSTA EM PALATINO PELO ESTÚDIO O.L.M./FLAVIO PERALTA
E IMPRESSA EM OFSETE PELA GEOGRÁFICA SOBRE PAPEL PÓLEN DA
SUZANO S.A. PARA A EDITORA SCHWARCZ EM MAIO DE 2024

A marca FSC® é a garantia de que a madeira utilizada na fabricação do papel deste livro provém de florestas que foram gerenciadas de maneira ambientalmente correta, socialmente justa e economicamente viável, além de outras fontes de origem controlada.